岐山の蝶

篠　綾子

集英社文庫

目次

岐山の蝶

一章　金華山《きんかざん》の夕陽《ゆうひ》

一

　姿勢を正して、目を閉じ、息を整えて、その時を待つ。

　今だ――と思える時をとらえたら、目を見開き、全身全霊を右手に込める。この時、帰蝶《きちょう》の右手は神の手となり、魂は天に通じる。

　気魄《きはく》を込めて鼓を打てば、ぽんっ、と澄んだ音色となって、それは鬼神の心をも動かす。

　鼓の師匠から教えられて以来、帰蝶はその境地に達することだけを考えて精進してきた。帰蝶の鼓を聴いた人は皆、すでに名人の境地に達していると、褒めてくれる。多少、口先だけの賛辞や追従《ついしょう》が混じっているとしても――。

　帰蝶より七つ年上の従兄《いとこ》明智十兵衛《あけちじゅうべえ》光秀《みつひで》は横笛が上手《うま》く、帰蝶の鼓に合わせてよく笛を吹いてくれた。帰蝶が仕損じれば、さりげなく横笛を合わせてくれる優しい従兄だ。

光秀は決して帰蝶の失敗を咎《とが》めたりしない。

だが、嘘《うそ》を口にできない光秀は、口先だけで褒めることもなかった。

その光秀がふた月ほど前、

「姫はお上手になられた」

と、初めて言ってくれた。その言葉に、帰蝶は胸がいっぱいになった。

光秀は、学問、武芸、音曲などのすべてに秀でている。帰蝶の父斎藤道三《さいとうどうさん》はその聡明さに惚《ほ》れ込み、母小見《おみ》の方《かた》は物静かな慎み深さを好もしいと言う。そんな従兄は、帰蝶にとって、最も身近な人生の手引きのような人であった。

それなのに——。

「今日はだめだわ……」

鼓を一回打つなり、帰蝶は右腕を下ろしてしまった。神の手にはほど遠い。

(こんなことでは、十兵衛殿にあきれられてしまう)

たとえ光秀が何も言わなかったとしても——。

(あの話を聞いたせいだ)

帰蝶は鼓を床の上に置いた。

雑念がこうも多くては、鼓の稽古をするどころではない。今宵《こよい》の宴《うたげ》の席では、光秀の笛と帰蝶の鼓を、道三はじめ人々の前で、披露することになっているのに……。

（織田《おだ》の……三郎信長《のぶなが》とは、どんな人なのだろう）

帰蝶は今、気になっている人物の名を思い浮かべた。

その男は、帰蝶の暮らす美濃《みの》の隣国、尾張《おわり》にいる。

尾張国を支配する織田氏は、一族同士で分裂し、盛んに主導権争いをくり返していた。その中で、織田信秀《のぶひで》という武将が強く、次々に敵を倒しているという話は、帰蝶も耳にしている。信秀は美濃国へも食指を動かし、道三と鎬《しのぎ》を削っていた。

もっとも、道三は戦略に長《た》けている。信秀の軍がどれほど強かろうと、美濃の領土を奪われるようなことはなかった。

勝負がつかないとなると、今度は和平の話が持ち出される。

尾張全土の支配を目論《もくろ》む信秀は、国内の戦に集中するため、道三に背後を襲われる危険だけはなくしておきたいのである。そこで、この天文《てんもん》十七（一五四八）年、信秀の跡継ぎである三郎信長と帰蝶との間に縁談が持ち上がった。

三郎と呼ばれているが、正室土田御前《つちだごぜん》の第一子で、すでに那古野《なごや》城主であるという。信長が那古野城を与えられたのは元服前の幼少時であったというから、信秀は思いきったことをする人物らしい。

信長は来年には十六歳になるとかで、帰蝶の一歳年長となる。そこで、年も相応の帰蝶を妻に迎えたいという話が、道三の稲葉山《いなばやま》城にもたらされた。

城主と城主の間に交わされる縁談に、当人の意思が問われぬことは、帰蝶も承知している。

結局、道三はこの話を受け容《い》れた。

帰蝶にそれが正式に告げられたのは、昨晩のことである。

「かしこまりました」

と言って、頭を下げた帰蝶の胸に、喜びや悲しみはなかった。不安に脅《おび》える心もない。尾張へ嫁ぐ話も、夫となる織田家の嫡男のことも、帰蝶にはまだ現実のこととして受け止められなかったからだ。

ただ、一つだけ確かなのは、

(私はもう、この稲葉山城にも美濃国にも、いられないのだ)

ということであった。

女である帰蝶が生家に留《とど》まることはあり得ない。父に跡継ぎの男子がいないのならともかく、帰蝶とは腹違いの兄義竜《よしたつ》がすでに道三の後継者と目されていた。

帰蝶が嫁にいき、稲葉山城を出るのは道理である。それでも、父にとって初めての、しかも正室の産んだ娘である自分を、父は手放そうとしないのではないか、という期待が帰蝶にはあった。

そのためには、家臣に嫁がせるしかない。ふさわしい男がいないのならともかく、

（父上は、十兵衛殿をまるで我が子のように慈しんでおられた）

と、帰蝶は思う。

だから、父は自分を光秀に嫁がせるつもりなのではないかと、思いめぐらすこともあった。そうなれば、母はどれほど喜ぶだろう。光秀に嫁げば、稲葉山城で暮らせなくとも、いつでも好きな時に出入りし、父母の顔を見ることが叶《かな》う。

それに、帰蝶はこの生まれ育った稲葉山が好きだった。

金華山とも呼ばれるこの山ほど美しい山は、日《ひ》の本《もと》のどこにもあるまい。その名は、円椎《つぶらじい》の花が咲く晩春から夏にかけて、山全体が黄金色《こがねいろ》に埋め尽くされることに由来している。

（嫁げばもう、その景色も見られなくなる）

今年の円椎の花は散ってしまった。

嫁ぐのは来年と聞かされているが、円椎の花が咲くまで、この城にいられるかどうか。

それに、自分が嫁ぐという話を、光秀はどう聞くだろう。

この年、二十一歳の光秀がいまだに妻を娶《めと》っていないのは、自分のためだったのではないかと、帰蝶には思えてしまう。はっきりと約束を交わしたわけではなかったが、父と自分が二人して、光秀を裏切ってしまったような居心地の悪さがあった。

そんなことに心をかき乱され、帰蝶は鼓に身を入れることができなくなっていた。

「何だ。一回打っただけで、もう鼓の稽古は終《しま》いか」

その時、無遠慮に足音を響かせて入ってきたのは、長兄の義竜であった。生母は小見の方よりも早く、道三の妻になった深芳野《みよしの》という側室である。小見の方は、帰蝶の下に孫四郎《まごしろう》と喜平次《きへいじ》という弟たちを産んでいたが、道三は義竜を跡継ぎとする方針を変えてはいない。

ただ、道三が年を取ってから生まれた弟たちは、父親から溺愛されていた。まだ幼いゆえに器量のほどは分からないが、孫四郎と喜平次を見る義竜の眼差《まなざ》しに、不安と妬みの混じっていることを、帰蝶も気づいている。自分も男であれば、義竜から同じように見られていたのだろう。

帰蝶の前にやって来るなり、義竜はどかっと胡坐《あぐら》をかいた。大柄で太り気味の義竜に前をふさがれると威圧感がある。

「そんないい加減な稽古でいいのか。それともう、十兵衛なぞとは息の合った演奏などする必要もないと、気を抜いているのか」

義竜は帰蝶にからかうような眼差しを向けて言った。

「どういう意味ですか」

帰蝶は兄をまっすぐな目で見つめ返す。

「そなたは織田に嫁ぐと決まった。親父《おやじ》殿もそなたももう、十兵衛の機嫌を取る必要などあるまいよ」

「私は、十兵衛殿の機嫌を取ってなど――」

「そなたはそうでも、親父殿は違っていたろうさ。そなたを十兵衛に嫁がせて、孫四郎や喜平次の後見人とする心積もりがあったはずだ。そこへ思ってもみなかった織田家からの話が舞い込んできた。親父殿も悩んだろう。だが、これによって織田家の脅威がなくなることは、願ったり叶ったりだ。俺からも親父殿に言ってやったよ。帰蝶はぜひとも織田家に嫁がせるべきだってな」

義竜はいつでも、棘《とげ》のある物言いをする。自分の母深芳野が正室と認められなかったことへの意趣返しなのかもしれないが、この兄の思いやりのなさに、帰蝶も腹の立つことがあった。だが、それにいちいち怒っていては、この兄と話はできない。

「私は父上のお言いつけに従うだけです」

「ま、そうだろうな」

義竜は意地の悪い笑みを浮かべた。

「だが、そなたが他国へ行ってくれるのはありがたい。そなたの夫が美濃にいては、俺の立場が危うくなるというものだ。その男が十兵衛で、孫四郎たちの後見人になるようでは困る」

「どうして、孫四郎たちをそんなに敵視なさるのです。あの子たちは兄上に逆らう気持ちなど、微塵《みじん》もないでしょうに……」

「今はそうでも、先のことは分からぬ。明智の血を引く正室腹であることを申し立てて、家督を狙うかもしれん」

「さようなことはありませぬ。兄上が跡継ぎであることは、母上とてご承知のこと」

「俺がうわべに騙《だま》されると思ったら、大間違いだぞ、帰蝶」

義竜は両眼《りょうめ》に不穏な光を浮かべ、凄《すご》んでみせた。

「俺は、そなたの母親を信じていない。もちろん、そなたもそなたの弟たちもな」

「どうして、そんな言い方をなさるのです。私たちの母上は、兄上にとっても母上でございましょうに」

「何を言うか！　俺の母は産みの母一人だけだ」

義竜は手にしていた扇の先で、床を叩《たた》きながら叫んだ。眉間に青筋が立っている。さすがに恐ろしくなって、帰蝶が黙り込むと、義竜は妹を黙らせたことに満足したのか、立ち上がろうとした。

「ああ、十兵衛を慰めてやらなくていいのか」

立ち去る前に、義竜はふと思い出したように言う。

「どういう意味ですか」

「そなたが別の男のものになると知って、沈んでいたぞ。そなたに裏切られたと逆恨みするかもしれん。日頃、おとなしい男は執念深いというからな」

あははっと、男にしては甲高い笑い声を立てて、義竜は去って行った。

（十兵衛殿が……）

帰蝶の心は揺れた。義竜に乗せられたようで悔しくもあるが、光秀が沈んでいると聞けば、落ち着いてはいられない。すぐに侍女を呼び、光秀の居場所を確かめさせると、どうも城を出たらしいという。

「今宵はこれから宴がありますのに……」

帰蝶はふと不安になる。

「さあ、すぐにお戻りになるのではないでしょうか」

侍女が言い終えぬうちに、帰蝶は立ち上がっていた。打掛《うちかけ》を脱ぎ捨てる帰蝶に、

「姫さま、どちらへ行かれるのですか」

厳しい目を向けて、侍女は引き止めようとする。

「すぐ戻ります。少しお庭を歩いてくるだけ」

返事をするや否や、帰蝶は駆け出していた。

帰蝶は侍女たちの目を掠《かす》めて、よく城外へ出る。もっとも、稲葉山城の付近しか出歩かないし、城は山上にあったから危険もない。光秀と連れ立って、城外を散策すること

もあった。その光秀が行きそうな場所に、帰蝶は心当たりがある。

人馬が行き来する道からは外れているため、雑木の枝を払いながら進まねばならないが、少し行くと眺望の展《ひら》けた平らな場所に出る。長良川《ながらがわ》を見下ろすのに絶好の地点であった。

帰蝶はそこを光秀に教えてもらった。以来、よく二人で出かけて行っては、おしゃべりをしたり、光秀に笛を吹いてもらったりしている。

(十兵衛殿はきっとそこにいる)

帰蝶にはその確信があった。

光秀が沈んでいた、逆恨みするかもしれないという兄の言葉が、帰蝶の心を今まで以上にかき乱していた。

光秀でない男に嫁ぐということは、これまで自分に向けられていた光秀の情けや優しさを失うということだったのか。

そのことが、帰蝶を妙に不安にさせる。考えてみれば、光秀の優しさが永久《とこしえ》に自分に向けられている証《あかし》など、どこにもなかったというのに……。

不安は次第に募っていき、帰蝶は城門を出た頃には、小走りになっていた。秋の夕暮れは小袖一枚では少し肌寒かったが、走るほどに体は火照ってくる。それなのに、心は逆に冷え冷えとしていくようであった。

「十兵衛殿……」

　案の定、光秀は長良川を見下ろせる見晴台のような場所にいた。心なしか、その背が寂しげに見えるのは、先ほどの義竜の言葉のせいだろうか。

「ああ、姫さま」

　光秀は振り返ると、歯を見せて笑った。胸に沁《し》み入るような笑顔であった。

「今日は、せっかくのお話でございましたのに、姫さまの鼓に笛を合わせることができず、申し訳ございません」

　光秀は丁重に詫《わ》びた。

「えっ」

　帰蝶が驚くと、光秀はただちに事情を察した様子で説明した。

「聞いておられなかったのですね。実は、昨日より母の容態が優れないので、今宵は失礼すると、先ほど殿に申し上げたのです」

「そうでしたか」

　帰蝶はうなずいた。

　光秀の母思いは、帰蝶もよく知っている。母といっても実母ではなく、亡き実母の妹である。光秀はこの叔母に育てられた恩を重んじ、叔母を母と呼んで、孝養を尽くしていた。

「早く帰らなければと思ったのですが、夕陽の美しさに誘われて、ついここへ来てしまいました」

そう言って、光秀は再び山上からの景色に目を向けた。

夕陽が地に沈もうとしている。美濃で最も美しい景色は、金華山に円椎が咲く初夏、山肌に夕陽の当たった光景だと言われていた。だが、今のような紅葉の季節も、金華山は美しい。

眼下の長良川の水面《みなも》には黄金と緋色《ひいろ》の小波《さざなみ》が立って、これ以上ないほど豪奢《ごうしゃ》にきらめいていた。

「この景色を、しかと胸に焼きつけておかれませ」

まるで師匠のような物言いで、光秀は言った。

「この日の本に、これほど美しい景色はございますまい」

光秀は誇らしげに言う。

自分が尾張へ嫁ぐと決まったことを、やはり光秀は知っているのだと、帰蝶は思った。

だが、この日、どちらの口からも、帰蝶の縁談にまつわる話が出ることはなかった。

二

天文十八年が明けた。

帰蝶はこの春のうちに嫁ぐことになっており、婚礼の仕度も着々と調えられていった。尾張へ付いて行く侍女も、すでに選ばれている。だが、それだけではまだ、小見の方は不安であった。

「やはり、そなたが帰蝶に付いて行ってください」

ある晩、小見の方は実家の明智家から、自分に付いて来た侍女おつやを呼んで告げた。

「あのことを知っているのは、そなただけ。帰蝶を菟名日少女《うないおとめ》の宿世《すくせ》から守ってやってほしいのです」

おつやはあえて逆らうわけではないが、承諾するわけでもなく、ただ心配そうに小見の方を見つめ返した。

斎藤道三のもとへ嫁ぐひと月ほど前、小見の方は占い師を訪ねたことがある。どこからか、美濃の城下町にふらりとやって来た占い師で、よく当たると評判だった。

婚儀を間近に控えた娘の単なる好奇心からしたことで、親にも打ち明けなかった。この時、供をしたのはおつや一人である。

「こなたさまは嫁いで幸いを得られるであろう。夫となるお方は類まれな強運の持ち主じゃが、それゆえの波乱もある。されど、こなたさまはそれに巻き込まれることもない。ただし――」

そう前置きした後、占い師はおごそかな声で続けた。

「こなたさまが娘を産めば、菟名日少女の宿世を歩むことになる」

能の「求塚《もとめづか》」は小見の方も知っていた。

二人の男が、菟名日少女という娘を求めて争うのだが、決着がつかない。どちらかを選ぶことができない菟名日少女は世をはかなんで、生田川《いくたがわ》に身を投げてしまう。二人の男は悲しみのあまり、少女を葬った塚の前で刺し違えて死ぬという話であった。

「こなたさまの娘は二人の男から求められよう。そして、一方の男がもう一方を殺《あや》めることとなる。生き残った男も天寿をまっとうすることはできぬ」

「私の娘も、菟名日少女のように命を落とすことになるのですか」

動転のあまり、小見の方は身を乗り出すようにして尋ねていた。だが、その問いについての確かな返事は聞けなかった。ただ、占い師は付け加えた。小見の方が娘を産むかどうかはまだ分からない、と――。

だから、小見の方は心の隅で願っていた。子を産むのなら男子がよい、そうでないのなら、子など産まなくてもよい。

それなのに、嫁いで三年後の享禄《きようろく》四（一五三一）年冬の未明、小見の方が産んだ最初の子は女子であった。

まだ二十歳《はたち》にもならぬ小見の方は、この秘密を抱えて懊悩《おうのう》した。

斎藤道三の娘が菟名日少女の宿世を歩めば、それは美濃国を危うくすることになろう。

「この子を寺へ預けておくれ。殿には死産であった、と」

混乱と動揺の収まらぬ頭で、小見の方はおつやにそう命じていた。

寺で尼になってくれれば、災厄は祓《はら》える。それが最もよい思案であると、当時は思えた。

「これを──」

小見の方は枕の下から、青海波《せいがいは》に飛翔する白鳥《しらとり》を刺繍《ししゅう》した守り袋を取り出した。中にお札を入れ、赤子の胸もとに震える手でそっと置く。

おつやは小見の方の命に黙って従い、赤子を城下にある崇福寺《そうふくじ》へ預けに行った。

それから四年──。

再び懐妊した小見の方が産んだのは、またも娘であった。

「どうか、これ以上の罪は重ねられませぬよう」

この時は、おつやが涙ながらに諫言《かんげん》した。

道三を二度も欺くことはできない。小見の方自身も、産んだ子を二度も手放すのはつらかった。

こうして生まれた次女は、姉とは異なり、両親の手もとで育てられることになった。

「あの娘が、こうして帰って来てくれたのだろう」

道三は亡くなった娘を偲《しの》んで、そう呟《つぶや》いた。そして、蝶は死者の魂であるという伝承を踏まえ、次女を帰蝶と名付けたのだった。そんな道三を前に、小見の方もおつやも顔を伏せるしかなかった。

その後も、小見の方はおつやを通して、寺に預けた娘の成長を聞き知っていた。何もしてやれぬことを心で詫びつつ、とにかく立派な尼になってほしいと、ただそれだけを願っていたのだが……。

娘が十二歳になり、いよいよ髪を下ろす日が迫ってきた頃のこと。

自分が何者かを知らぬ娘は、ある時、たまたま寺に泊まった旅人に付いて、寺を出て行ってしまったという。それが、かどわかしだったのか、娘の方から頼み込んだ末のことだったのか、寺の僧侶たちにも分からなかった。

「ただ、あの娘は尼になるのを嫌がっていましたのでなあ」

自ら付いて行った見込みが高いという。

その話に驚愕《きょうがく》した小見の方は、何とかして娘の行方を捜そうとしたが、道三に相談するわけにもいかず、おおっぴらにすることもできない。いまだに行方はつかめておらず、生きているのかどうかさえ分からなかった。

「上の姫さまのことは、これからも捜し続けねばなりませぬ。そのためにも、私が御方《おかた》さまのおそばにいなくては――」

　おつやは帰蝶に付いて尾張へ行くより、小見の方のもとに残って、その手助けをしたいと懸命に願った。だが、首を横に振る小見の方の決意は、おつや以上に固かった。

「上の娘を捜すためにも、そなたには稲葉山城を出てもらった方がよいのです。ここでは人目を憚《はばか》り、手を尽くして捜すこともできぬ。それに、あの娘はもしかしたら、尾張にいるかもしれないではありませんか」

「そうかもしれませぬが……」

　美濃を出たことは十分に考えられる。だが、だからといって、尾張にいるとは限るまい。三河《みかわ》や信濃《しなの》へ向かったかもしれないし、あるいは越前《えちぜん》や近江《おうみ》へ行ったかもしれない。

「それに、帰蝶があの予言とは無縁だと決めつけることもできませぬ。あの子はまだ十五歳という幼さ。信頼できるそなたを付けてやりたいのです」

「ですが、御方さま。帰蝶さまはお年よりずっと、しっかりしていらっしゃいます。先日も、殿が守り刀をお渡しして、『いざという時には、これで婿殿の首を切って美濃へ戻って来い』と、軽口ともつかぬことをおっしゃいますと、帰蝶さまは『この刀で、父上を殺めることになるやもしれませぬ』と、切り返されたそうではございませんか。その話を聞いた重臣の方々も、さすがは道三さまの娘だと感心することしきりであったとか」

　おつやは、まるで自分の手柄であるかのように、自慢げに話した。

ここ数日、この帰蝶の話題で城内は持ちきりだったのだ。小見の方はさぞかし鼻が高かろうと、おつやをはじめ皆が思っている。

だが、その話を聞いても、小見の方は憂い顔のままだった。

「私の耳に、あの子の言葉は苦労知らず、世間知らずの傲慢としか、聞こえませんでしたよ」

「それは、あまりに厳しいお言葉にございます」

おつやは帰蝶をかばうように言った。小見の方は小さく首を横に振る。

「あのありさまでは、織田家の方々から生意気な娘だと、爪弾《つまはじ》きされるかもしれない。だからこそ、そなたがそばにいて、あの子の身に災いが降りかからぬよう、守ってほしいのです」

小見の方は切実な眼差しを向けて言った。初めて産んだ娘を寺へやってくれと願った時の、小見の方の眼差しが、おつやの脳裡《のうり》によみがえってくる。断ることなど、おつやにはできなかった。

「分かりました。御方さまの仰せの通りにいたしましょう」

おつやは床に手をついて頭を下げた。

「そなたが付いて行ってくれるのであれば、私も安心です」

と言う小見の方の声は涙ぐんでいた。

小見の方の半生は、道三の正室として恵まれたものであったと、傍目《はため》には見えるかもしれない。だが、大切な娘を手放し、その行方を案じながら、誰にも相談できないつらさは想像に余りある。

小見の方が時折、誰にも知られぬよう、そっと涙を隠しているのを、おつやだけは知っていた。行方不明の長女の身を案じ、己の仕打ちを悔やんでいるのだろう。

「されど、御方さま。どうぞ、あまりご心配にはなさいませぬよう」

最後に、おつやは言わずにはいられなかった。

「帰蝶さまは予言とは関わりありませぬ。そして、上の姫さまの御事《おんこと》は時がかかっても、私が必ずや見つけ出してみせまするゆえ」

「恩に着ます、おつや」

小見の方はおつやの手を取った。

「帰蝶のこと、頼みましたよ」

小見の方の長い睫《まつげ》に、露のように散った透明な滴《しずく》を、おつやは心に刻み込んだ。

三

春になると、城の庭に咲き乱れる花の甘い香りに誘われて、毎年のようにどこからか蝶がやって来る。帰蝶には、その光景が嬉《うれ》しくも物憂くもあった。

（父上にとっても、母上にとっても、きっと私は死んだ姉上の代わりなのだ）

亡き姉のことを話題に出すのは、決まって父道三の方であった。そして、父がその話をし出すと、母は必ず苦渋に満ちた表情になる。

（何だか、姉上が死んだのはご自分の責任ででもあるかのような……そんな苦しみ方に見える）

母を見ていると、姉の話を持ち出すのは気が引けた。だが、考えないようにしていても、自分の名に刻まれた姉の面影は、完全には消えてくれない。

（私はもう、姉上の代わりは嫌だ）

と、帰蝶は思うことがあった。

この美しい金華山を離れる喜びがあるとすれば、ただ一つ、尾張には自分を姉の代わりとして見る人がいないということであった。

「これは、姫さまでいらっしゃいましたか」

花に群れ飛ぶ蝶を見ていると、後ろから声をかけてきた女がいた。甘くたおやかな声は、振り返らなくとも誰か分かる。

「深芳野さま」

帰蝶は振り返って、父の側室に頭を下げた。

深芳野は最も早く父道三の妻となり、義竜を産んだが、その後は子に恵まれなかった。

今では、小見の方の方が大勢の子を持っている。

若い小見の方が正室として嫁いで以来、道三の寵愛《ちょうあい》は小見の方に移っていたが、跡継ぎの母である深芳野には、小見の方も遠慮をしていた。

深芳野自身は、小見の方やその子供たちに、嫉妬や敵意など見せたりしない。手弱女《たおやめ》というよりほかない美女で、老いでさえ、彼女の上に醜さを落としはしなかった。こんなにおとなしやかな女人《にょにん》から、どうして義竜のような荒くれ者が生まれたのか、帰蝶には今ひとつ謎であった。

「間もなく、尾張へ嫁がれるそうですね。おめでとうございます」

顔を合わせることの少ない深芳野からは、これまで祝いの言葉を述べられたことがなかった。

「かたじけのう存じます」

帰蝶は慌てて頭を下げた。

「姫さまも、いよいよ人の妻となられるのですか。この稲葉山城におられれば、ずっと花のように笑っていられたでしょうに……」

「どういう意味ですか」

「大した意味はありませんのよ。姫さまは嫁がれても、美しい花のままですわ。でも、女は嫁げば、心から笑えなくなる。私の申すことが、お分かりですか」

　帰蝶はかすかに眉をひそめた。

「……分かるような気がいたします」

　確かに、母の小見の方も、笑顔は見せても心から笑っているようには見えない。

「殿方なんて」

　深芳野は帰蝶から目をそらし、花に群れ飛ぶ蝶をじっと見つめながら、呟くように言った。

「この蝶と同じようなもの。一つの花に宿ることなく、あちらへひらひら、こちらへひらひら……」

　深芳野はまるで歌うように言う。その声は美しく澄んではいたが、何とも虚《うつ》ろで悲しげに聞こえ、帰蝶は自分まで悲しくなった。

「父のことを、恨んでおられるのですか」

　帰蝶は思いきって訊《き》いてみた。母が問うことは許されないだろうが、自分ならば大目に見てもらえるのではないか。

　長い間、深芳野はこの城で正妻のように扱われていたと聞く。そこへ、若い母が割り込んできたのだから、深芳野が道三の仕打ちを恨んでも不思議はない。だが、身分の低い深芳野と、美濃のかつての支配者土岐《とき》氏の流れを汲《く》む明智氏の娘では、おのずから序列は明らかだった。

「私が、殿をお恨みするですって？」

深芳野は言うなり、ぴんと張っていた糸が突然切れたように笑い出した。

「お恨みなどするものですか。私のような女は、物と同じなのです。物に心がございますか、姫さま」

「物だなんて」

「女は物と同じです。御台《みだい》さまとて同じでしょう。殿と明智氏の楔《くさび》となるべく、このお城へ参られたのですもの。私はね、姫さま。前《さき》の当主、土岐頼芸《よりなり》さまのご寵愛を受けていたのです。頼芸さまと道三さまの間で、遊びの戦利品として道三さまに下賜されたのですよ」

「えっ……」

それは、帰蝶にとって、初めて聞く話であった。おそらく、大人たちは皆、知っているのだろうが、帰蝶には黙っていたのだろう。

（では、義竜の兄上も、そのことを……）

知っているのだろうか。

知っているからこそ、荒れずにはいられないのか。母を別の男から奪った道三の息子として生まれ、そのくせ父は母を軽んじ、別の女を正室に迎えた。そのことが、義竜の心を傷つけていないはずはあるまい。

(私は、兄上のことを、何も分かっていなかった)

そして、この深芳野のことも——。

義竜を哀れだと思う。この深芳野も、それに母も哀れには違いない。それでも、深芳野の言葉に、帰蝶はそのままうなずくことができなかった。

「確かに、深芳野さまのおっしゃるように、女を物のように扱う殿方はおられましょう。父がそうだとおっしゃるのならば、そうなのかもしれませぬ。されど、私は……」

物として嫁ぐつもりはない。物のように扱われるのも、真っ平だった。それでは、姉の代わりとして扱われるのと、どう違うというのだろう。いや、もっとひどい扱いというべきではないか。

(三郎殿というお方は、どうなのだろう)

深芳野が味わったような悲しみを、自分も味わわされるのだろうか。

心が沈み込みそうになったその時、はっと気づいた。深芳野がわざわざ、自分の昔話を聞かせたのは、帰蝶と母小見の方への当てつけではなかったか、と——。

——そうだとも、お前も同じ。女に生まれた以上、この業《ごう》から逃れられるものか。嫁に行って味わうがいい。私が受けたのと同じ屈辱と悲しみを。

しとやかな佇《たたず》まいの奥に、深芳野はどす黒い嫉妬を隠し持っているのではないか。そして、義竜は母の屈辱を知っているのだ。だからこそ、帰蝶に対しても、敵対心を露《あらわ》にする。

深芳野はさすがにもう一枚上手《うわて》で、それを決して見せぬまま、相手が反撃もできないような鮮やかな一手を打つ。

（これが、女――。深芳野さまはそうおっしゃりたいのだろうか。しとやかな顔の裏に般若《はんにゃ》の面を隠し持っているのが、女だと）

だが、それは自分が求める女の姿とは違うような気がした。

では、母のような生き方をしたいのか。古くからの側室に遠慮しつつ、おおらかな態度で接している母もまた、本音で生きているようには思えない。

「私は、深芳野さまのようにはなりませぬ」

ようやく反撃の端緒を見つけて、帰蝶は口走っていた。

「何と」

思わぬ切り返しに、今度は深芳野が面食らったようであった。

「そして、母上のようにもなりませぬ」

続けて、帰蝶は言った。

深芳野は言葉もない。帰蝶は燃えるような双眸《そうぼう》で、深芳野を見つめ続ける。深芳野が憎いわけではなかった。ただ、深芳野をこのようにした何かが憎い。その時、

「これは、深芳野さまに、姫さまではございませぬか」

さりげなく声をかけてきたのは、光秀だった。

「では、私《わたくし》はこれで」

深芳野がそそくさと立ち去った後、光秀は春の陽射《ひざ》しのような眼差しを、帰蝶に向けた。

四

帰蝶は光秀の顔から、まぶしそうに目をそらすと、花々の上を群れ飛ぶ蝶を見つめた。

小さな白い花をつける芹《せり》や、鮮やかな黄色に輝くすずなやごぎょうなど、春の七草が植わっている。梅の木も可憐《かれん》な花をつけているが、蝶は草花の上に集まっていた。

帰蝶の眼差しにつられたように、光秀も蝶に目をやりながら、

「何かあったのですか」

と、優しく尋ねた。帰蝶は黙り込んでいる。

「深芳野さまから何か言われたのですか」

光秀が続けて問うと、「これというお話ではありませんが」と断った後で、

「殿方というものは皆、この蝶のように浮かれ飛ぶものだと、おっしゃっていました」

と、言葉を選ぶようにしながら、帰蝶は答えた。そういう話だったのかと、光秀が納

得していると、帰蝶が突然振り返った。

「十兵衛殿もそうですか」

「どういう意味でしょう」

「十兵衛殿も、この蝶のように、あちらの花からこちらの花へ浮かれ飛ぶようになるのかと訊いているのです」

「さあ、私はまだ独り身ですから、お答えすることは難しいのですが……」

あいまいに応じたものの、それでは帰蝶が納得しそうにないと、光秀は気づいた。そこで、いつもの生真面目な表情に戻ると、

「多くの女人を相手にするような器用さは、私にはないと存じます」

と、誠実な口ぶりで答えた。

「一国の城主になってもですか」

「ええ、おそらくは」

帰蝶は探るように光秀の顔を見つめていたが、そこに欺瞞《ぎまん》のないことを確かめたのか、やがて安心したように大きく息を吐いた。

「ならば、十兵衛殿の奥方になる人は幸いですね」

「分かりませんよ。一人の女人を誠実に想《おも》う男が、甲斐性《かいしょう》のある男とは限りませんから」

「私は、甲斐性のある人から、誠実に想われたいのです」

帰蝶は叫ぶように言った。これには、光秀も思わず吹き出した。ひとしきり笑った後、

「尾張へ行かれたら、ご夫君にそうお頼みしてはいかがですか。側室は持たないでください、と――」

と、勧めてみる。すると、帰蝶は「それは……」と呟いた後、躊躇《ためら》いがちに口ごもった。

「ご自身のご夫君にはおっしゃれないのですか」

「……そういうことを口にする女は生意気だ、と思う男の方は多いのじゃないかしら」

「おっしゃる通りでしょう」

光秀はうなずいた。

「妻となる女人から、己の言動をとやかく言われるのは、男にとって耐えがたい面がありますからね。されど、姫さまも――」

光秀は口もとにほのかな微笑を浮かべた。

「そうやって、男の心を推し量れるようになったとはご立派なものです。よい奥方になられましょう」

どことなく尖《とが》っていた帰蝶の表情が、心なしか和らいだように見えた。

「私、自分の夫となる人には言えないかもしれないけれど、十兵衛殿には言えるわ。だ

から、十兵衛殿はご側室を持ってはなりませぬ。十兵衛殿のご正室になる方が、悲しまれますもの」

「まだいもしない私の妻のために、姫さまがお心遣いをしてくださるのですか」

光秀は再び笑い出した。だが、この時、顔が強張《こわば》りそうになるのに気づいて、我ながら愕然とする。帰蝶は何も気づかぬ様子で、しゃべり続けた。

「私、稲葉山城を離れるのは寂しいけれど、尾張へ行くのは嫌ではないの。ここではずっと、私は亡くなった姉上の代わりだった。でも、私は誰かの代わりではない、私にしかできない生き方がしたいのです」

「姫さまだけの生き方とは、どのようなものなのですか」

「それが……分からないの」

帰蝶はほうっと溜息《ためいき》を吐《つ》くと、光秀の顔をのぞき込みながら、甘えるように笑ってみせた。

大人びたことを言っていたが、こうして見れば十五歳の少女である。城主の娘が嫁ぐのに早すぎる年齢ではないが、光秀の目には童女の頃から知る、まだまだ幼い少女であった。

「でも、尾張へ行ったら、十兵衛殿の横笛を聴けなくなってしまうのですね」

光秀の袖にすがりながら、帰蝶は寂しげに言う。その寂しさに引きずられてしまいそ

うになるのをこらえつつ、

「姫さまにしかできぬ生き方は、尾張でも探せると思いますよ」

と、光秀は帰蝶を慰めるように告げた。

「姫さまは、お名前のごとく蝶におなりなさい。深芳野さまは女人を花にたとえたのでしょうが、姫さまは蝶なのです。ご自分の翅《はね》で飛び、自ら宿る場所を見つければいい。姫さまがそうしてご自分の生き方を探しておられる間に、私もまた、私だけの生きる道を探すつもりです」

「十兵衛殿だけの生きる道……」

「はい。この私だけにしかできないことを成し遂げたいのです」

光秀は力のこもった声で告げた。それが何かは見当もつかない。自分の人生は少なくとも姉の代わりではないとしか分かっていない帰蝶と同じように――。

「十兵衛殿ならば、きっとできるわ」

心の底からそう信じている様子で、帰蝶は言った。光秀は黙ってうなずいた。

「ねえ、十兵衛殿。今日は私だけのために横笛を聴かせてください」

帰蝶は光秀にせがんだ。

「よろしいですよ。ですが、どうせなら姫さまの鼓と合わせたいですね」

「ならば、ここに鼓を持ってくるわ」

勢いづいて、帰蝶は叫ぶように言った。

「お部屋ではなく、ここで合奏をするのですか」

光秀は驚いて目を瞠《みは》った。

「ええ。ここならば、花も蝶も聴いてくれるし、何より空がとても美しいのですもの」

言われてみれば、折しも西の空は茜色《あかねいろ》に燃えた夕陽が地に沈もうとする頃合いであった。

光秀がうなずくのを見届けるや、帰蝶は城内に駆け戻って行った。その後ろ姿を見送りながら、光秀は己の心を振り返っていた。

(結局、私は姫さまの望むことなら、何でも叶えて差し上げたいのだな)

側室を持たぬことも、屋外での合奏も、もしも帰蝶が望むのなら天下取りでさえも。

そうした帰蝶への想いを、恋と呼ぶことはできなかった。今もなお、帰蝶は小さな妹のように、光秀の目には映っている。

だが、城主の娘であることは、早くから意識していた。もし帰蝶を妻にすることができれば、この稲葉山城で城主に次ぐ実力者になれるということも――。

そうした将来を、道三が自分に与えてくれるのではないかと、期待したことが一度もないと言えば嘘になる。だから、その願いが叶わなかったがゆえに、自分は落胆しているのだろうと、光秀は思っていた。

（だが、それだけではなかったのかもしれない……）

帰蝶が美濃を去る日が間近に迫った今、光秀はようやくそのことに気づいた。帰蝶には、光秀に活力を与えてくれる不思議な力がある。それが、どんな男にも通じるものなのか、自分に対してだけなのか、光秀には分からなかった。

自分がこれまでそうと気づかずに受けていたこの恩恵を、これからは尾張の三郎信長という男が受けることになると思えば、妙に腹立たしい気分にもなった。

「持ってきたわ」

帰蝶が鼓を大事そうに抱えつつ、莚《むしろ》を携えた侍女を従え、戻って来た。美しい春の花と群れ飛ぶ蝶たちが最もよく見える位置に莚を敷かせ、帰蝶はそこに正座して鼓を構える。

光秀は錦の袋の中から横笛を取り出した。二人で合奏するのも、きっとこれが最後になるだろう。

「よろしいですか」

すでに鼓を構えた帰蝶が、大人びた声で問う。

「はい」

光秀は言って、横笛を口に当てた。

「はあっ！」

気合のこもった帰蝶の掛け声と共に、澄んだ鼓の音が遮るもののない庭を駆け抜けていく。

光秀の横笛がその音に寄り添うように、流れ出した。

(この日のことは、生涯忘れぬ)

光秀は鼓の音に耳を澄ませながら、そっと目を閉じた。

二章　翼ある女

一

尾張国で信長は「うつけ殿」と呼ばれてきた。吉法師《きつぽうし》と幼名で呼ばれていた頃は、それも愛嬌《あいきよう》だった。多少の悪さをしても、愚かな振る舞いをしても、子供ゆえに許される。

だが、侍の男子にとって、元服は大人になるための大事な儀式だ。これを済ませた後は、何歳であろうと大人として扱われる。

信長は、三年前の天文十五（一五四六）年の正月、十三歳で元服を果たした。ばかげた常識やしきたりに反抗しがちな信長も、この時は父の命令に従い、儀式に臨んだ。

大人たちの中で、父の信秀は信長への理解がある方だ。

「あれは、奇男子よ」

と、信秀は信長のことを評していた。奇男子とは変わっているという意味でもあるが、世に滅多にいない優れた器という意味でもある。

世間の人は前者の意で取っても、信秀は後者の意で使っている。だから、信長は父が嫌いではなかった。

だが、元服したからといって、信長の言動が変わったわけではない。人が眉をひそめるような奇抜な格好さえ、改めようとしなかった。

信長はいつも、髪は頭頂で茶筅《ちやせん》に結び、袖口が大きく開いた広袖《ひろそで》を着て、半袴《はんばかま》を穿《は》いている。燧袋《ひうちぶくろ》を腰に提げ、朱鞘《しゆざや》の太刀を佩《は》いて、餅菓子を食べながら闊歩《かつぽ》するその姿は、家臣たちが目を背けたくなるようなものだった。

信秀がそれを諫《いさ》めようとしないので、守役《もりやく》である平手《ひらて》政秀《まさひで》などもあまりきつくは叱れなかった。が、信長の生母土田御前は、

「あれは、鬼っ子。私の子ではありませぬ」

などと、放言している。

土田御前は、信長の下にも幾人かの子を儲《もう》けていた。中でも、性質が素直で品行方正な勘十郎信行《かんじゆうろうのぶゆき》は、土田御前のお気に入りである。

一方の信長は、弟を贔屓《ひいき》する母を目の当たりにしても、行動を改める気配もない。

(それでも、奥方さまをおもらいになれば、さすがにお変わりになるだろう)

政秀はわずかな期待をそこにかけていた。

幸い、件《くだん》の娘は「美濃の蝮《まむし》」と呼ばれる父の道三に似ず、美貌であるという。もっとも、蝮の異称は顔立ちによるものではなく、美濃の国盗《くにと》りの逸話によるものだと、政秀も知ってはいたが。

女に関する信長の好みを知るわけではないが、よもや道三を後ろ盾に持つ美貌の姫を、粗略に扱うことはあるまい。むしろ、政秀の心配の種は、信長の奇行ぶりを目にした道三の娘が「こんな夫は嫌。美濃へ帰る」などと言い出さないかということであった。

（それだけは、何としても避けなければ——）

政秀は天文十八年が明け、帰蝶の嫁ぐ日が近付くにつれて、ますます口うるさく信長に付きまとうようになっていった。

「爺《じい》にはかなわん」

信長は、歌舞伎者と呼ばれる若者たちと連れ立って、領内を闊歩しながら大声で言った。農家の軒先から勝手に取ってきた干柿《ほしがき》にかぶりつき、再び口を開く。

わざと渋面を作った信長は、

「そんなふうでは、美濃の姫さまに嫌われてしまいますぞ」

政秀の声色を真似《まね》て、おどけてみせた。

「二言目にはいつもこうだ」

肩をすくめて言うなり、仰向《あおむ》いて笑い声を上げた。

そんなふうに言っても、信長は平手政秀を爺と呼んで慕っている。幼い頃からの武芸の師であり、二年前の初陣でも、信長を陰に陽に助けてくれた。三河での合戦をそつなくこなすことができたのも、政秀のお蔭《かげ》である。

「されど、蝮の姫さまはたいそうな美人だとか。実は、嬉しいのではありませんか」

水干《すいかん》姿の若者が、信長の顔を無遠慮にのぞき込みながら訊いた。

信長のお供をする歌舞伎者たちは、主として家臣たちの次男や三男、つまりは家督を相続することのない気楽な若者たちである。他に、活《い》きのいい町衆や農家の倅《せがれ》たちも加わっていた。

「美人か……」

信長には、美濃の国を乗っ取った蝮の娘が美人というのは、どうにも解せない感じがした。

「しかし、奥方を娶られれば、気軽に女と遊ぶというわけにもいきませんなあ」

先ほどの水干より、もう少し柄の悪そうな若者が、にやけた笑いを浮かべながら言う。

「どうです、三郎さま。奥方が嫁いでいらっしゃる前に、ぱあっと女遊びをするというのは――」

「女遊びか」

信長は気乗りのしない声を返した。

「まあ、遊女などというものは、情が薄いものですからな」

執り成すように、水干姿の若者が言う。

「情の厚い女の方がいいのか」

信長は不思議なことを聞いたという顔つきで、訊き返した。

「そりゃあ、まあ――」

水干姿の若者が困ったふうに言うのへ、助け舟を出すように、

「そういえば、最近、ご城下に流れてきた子持ちの女がいるのですが……」

と、切り出したのは、真っ赤な広袖を着込んだ、信長より少し年上の男であった。

「これが、大変な美人で、ちょっとした評判になっているんですよ」

「ほう……」

信長は少し興味を惹《ひ》かれた声を出した。

「その女、どうやら美濃の方からやって来たらしく。美濃は美人の産地なんですかね」

紅広袖の男は、信長の機嫌を取るかのように付け加える。

「しかし、子連れというからには亭主がいるんだろう」

信長が訊くと、紅広袖は大袈裟《おおげさ》な身振りで否定した。

「いや、亭主はいないようです。離縁されたか、死別したか、その口でしょう。しかし、

あんないい女が独り身とはもったいない」

紅広袖は信長の気を引こうとしつつ、舌なめずりでもしそうな様子であった。

「ふうん、そうか」

信長はくちゃくちゃと行儀悪く嚙《か》んでいた干柿の芯を、ぺっと道端に吐き捨てた。

「どうです。ここから近い寺に止宿していると聞きましたが、からかいに行ってみますかい」

「女を、大勢でからかって、何が面白いんだ」

信長の言葉に、仲間たちは急に鼻白んだ顔つきになった。そんなことなど、いっこうに気にする気配も見せず、

「俺はこれから泳ぎに行くぞ」

と、信長は言い放った。

「って、まだ春の初めですぜ」

木綿の小袖を着た農家の倅が、頓狂な声を出す。

信長の水練好きは知られていた。夏は毎日のように川で泳ぎ、仲間たちにも組を作って競争させる。

だが、まだ二月さえ迎えていない川の水は震えがくるほどに冷たいはずで、仲間たちは皆、萎縮した顔つきを見せた。

「嫌なら、来なくていい。俺一人で行く」

信長は肩を怒らせ、歩み去ったが、後を追いかける者はいなかった。

「冷たい川の水より、あったかい女の方がいいのになあ」

中の一人が呟くと、他の者たちが同意するようにうなずいた。だが、信長もいないのに、ごろつき同士、群れているのも何となく気が引けるのか、彼らもまた散り散りに去って行った。

信長が水面に顔を出した時、その女は河岸にいた。

二十歳前くらいの若い女である。美しい顔立ちをしていたが、ぽかんと口を開けていた。

「まあ、驚いた」

女は白い歯を見せて言った。

「あんた、溺れていたわけじゃないのね。あたし、ずいぶん心配したんだよ」

「水練をしていただけだ」

信長は無愛想に答えた。

「そうみたいね。だけど、この冷たい水の中をまともな人が泳いでいるとは、思わないじゃないの」

「俺はまともじゃない」

「そうねえ。あんたはうつけ者だ」

「俺は大うつけだ」

信長が言い返すと、女は一瞬、目を丸くして信長の顔を見返し、

「あんた、面白い人なのね」

そう言って笑い出した。

仰向いて笑うと、首の付け根が露《あらわ》になる。胸もとに続くその肌の白さが、春の陽射しにまぶしかった。

「あんた、水から上がってそのままでいたら、風邪を引いてしまうよ」

女は笑い納めると、信長に心配そうな目を向けた。

「火を焚《た》くからいい」

「どこにも焚火の用意なんかしてないじゃないの」

「陸《おか》に上がってから、用意する」

いい加減、女の相手をするのにうんざりしていた信長は、再び泳ぎ出そうとした。

「あんたっ！」

信長が顔を水につけるより早く、女が鋭い声で叫んだ。つい勢いを殺《そ》がれた信長は、女の方に目を戻してしまう。

「あたし、あんたが気に入った。焚火の用意をしといてあげるよ。あれ、あんたの着物でしょう」

と、女は河岸に放り出してあった着物や草履などを、顎で示した。

「燧石も借りるよ」

女は勝手に言い、焚火の用意が調うまでは水の中にいるようにと言うや、勢いよく立ち上がった。

だが、乾いた流木や木の枝などを、かいがいしく集めている女の様子をしばらく見つめていた信長は、やがて、さっさと岸に上がってしまった。

女が離れている間に、素早く体を拭き、放り出してあった着物を身に着ける。さすがに震えがくるほど寒かったが、弱みは見せたくない。信長は平然とした顔を装って、寒さに耐えた。

「まあ、あんたっ！」

女は岸に上がった信長を見出《みいだ》すなり、たちまち走り寄って来た。

「焚火をするまでは、岸に上がっちゃだめだと言ったじゃないの」

まるで母親のような口ぶりで、女は信長を咎める。

「ほら、いい加減な拭き方だから、着物が湿っぽくなっちゃってる」

女は信長の着物に触れて言うと、手にしていた木片や枝を地面に下ろし、その場で火を熾《おこ》し始めた。

信長は帰ってしまおうかと、一瞬迷ったが、

「さ、火が点《つ》いたから、しっかり当たって体を温めなさい」

女に言われると、立ち去りかねてつい座ってしまった。

「さあ、着物を脱いで」

女は当たり前のように命じた。躊躇《ちゅうちょ》していると、湿った着物を乾かすのだと急《せ》かされ、あろうことか信長の着物に手をかけてくる。

「自分で脱ぐ」

おせっかいな女の手を乱暴に振り払って、信長は広袖と袴を脱いだ。

女はそれらを受け取ると、楽しげにあぶり始めた。信長の生まれつき白い裸身が、火の照り返しを浴びて、狐色《きつねいろ》に光って見える。その鍛えられた上半身を、ほれぼれと見つめながら、

「あんた、こうして見ると、たくましいのねえ。そんなに色白なのにさ」

と、女が呟いた。

「まだ春の初めだからだ。夏には真っ黒に焼けている」

「ふうん、じゃあ、もともと色が白いんだね」

「何で、そんなに俺を見ている」

女の無遠慮な眼差しに我慢しきれず、信長は苛立《いらだ》ったが、

「いいじゃないのさ。減るもんじゃなし」

女はあっけらかんとしている。

いい加減にしろ——そう叫ぼうとして、女の顔を睨《にら》みつけた時、信長の心に動揺が走った。

女は思っていたよりずっと美人であった。

川からでは距離が離れていたため、細かい造作まではよく見えなかったし、その後は見ようともしなかったのだ。それに、この女の言動は、美女とはこういうものだろう、という漠然とした信長の思い込みとはほど遠かった。

信長が知る美女とは、昔は美しかった母の土田御前や、今は幼すぎるが、末はそうなるはずの妹のお犬やお市《いち》くらいである。そのいずれもが、自らの恋や欲望の相手にはなりえないので、信長は若くて美しい女を身近には知らなかった。

目の前の女は信長の動揺を目ざとく見抜いたらしい。不意ににやりと笑ってみせると、

「ねえ、あんた、女を知らないんでしょう」

と、からかい混じりの声で言い出した。

さすがに、そのような問いを予測できなかった信長は、とっさに返答のしようもなかった。

「いいんだよ。別に、真面目くさって、正直に答えなくたって」

と、女は言う。続けて、

「あんた、齢《とし》はいくつなの」

と訊いた。

「十六」

信長は相変わらずぶっきらぼうに答える。

「そう。あたしは十九。来年にはもう二十歳よ。もうちょっとしたら、世の中の男たちは皆、あたしを姥桜《うばざくら》って呼ぶようになる」

「そんなことは……」

つい真面目に反論しそうになった信長の言葉をとらえて、

「それだから、女を知らないって、すぐに分かっちゃうのよ」

と、女は莫迦《ばか》にしたように笑った。だが、信長にむっとする隙さえ与えず、

「ねえ、あたしがあんたに教えてあげてもいいんだよ」

と、信長の腕にそっと手を伸ばすと、それをさすりながら、ささやくように言った。

信長はふっと、先ほどの仲間たちが遊女屋の話をしていたことを思い出した。そういう場所へ出入りしたことのない信長は、これがその種の女で、だからこうして自分を誘ってくるのだと考えた。

「いくらだ」

信長は女の顔を真正面から見据えて、悪びれもせずに尋ねた。

その時、信じられないことが起こった。ばしんと激しい音が、信長の耳もとで鳴り響いたのだ。

とっさに何が起こったのか、信長には分からなかった。ややあって、左の頰と耳の辺りが痛いというより熱いのを感じ取った時、信長は生まれて初めて、他人から打《ぶ》たれたのだと知った。

あまりの衝撃で、声も出ない信長に、

「この人でなし！」

と、女は罵るように叫んだ。そして、勢いよく立ち上がった。

「あたしはね、金を目当てに男を誘うような女じゃない。これはって思う男しか誘わない。あんたを誘ったのだって、あんたが気に入ったからだ。それなのに！」

あんたはあたしに恥をかかせた——と、女は人差し指を信長に突き出しながら、語気鋭く言った。

「あんたみたいな餓鬼に莫迦にされて、おとなしく引き下がるようなおきよさんじゃないんだよ」

満面に朱を注いだ女の威勢に、信長は圧倒されていた。

「それは……すまなかったな」

信長は自分でも不思議なくらい、素直な気持ちになって詫びた。

「それで！」

信長の謝罪の言葉を聞くなり、いつしか仁王立ちになっていた女は鋭く言い放った。

「それで、とは——」

「あたしに男と女のことを教えてほしいのか、ほしくないのか」

女はまるで挑むように言う。それが、色恋に不慣れな気恥ずかしさやきまずさを、どこかへ押しやってしまった。この場面でなければ、そして、相手がこの女でなければ、決して言えなかったろう。

気づいた時には、

「教えてほしい」

と、信長は言っていた。恥ずかしさも衒《てら》いもなかった。

女は火照った顔のまま、もう一度腰を下ろした。いつの間にか、信長にぴたりと寄り添うような位置にいる。

女の白い指が、信長のほつれた鬢《びん》の毛に絡みついた。

「このまま、あたしの宿に行ってもいいんだけど……。そこ、寺なんだよね。赤子もいてうるさいからさ」

寺、赤子という言葉が、何か引っかかるような気はしたが、その時の信長は女の熱い息を頬に感じて頭が働かなかった。

「だからさ、ここなら、火もあってあったかいし……」

女は上半身を信長に押しつけるようにして言う。

「ここで、か」

信長は何となく空を見上げた。陽はやや西に傾いているが、夕暮れまでにはまだ間がありそうだ。信長の躊躇いを見て取った女は、うっすらと微笑《ほほえ》みながら「平気よ」と言った。

「たとえ見られたって、あたしたちの熱い抱擁を見せつけてやれば、黙って立ち去るからさ」

女は自信ありげに言い、信長の首に腕を絡めてくる。

女の手に引かれて、その腰に回した手に、信長は力を込めた。

二

けだるい眼差しをぼんやりと空に向けていた信長が、我に返ったのは、女がもぞもぞと動き出した音のせいであった。その時、ぽとりと何かが落ちた。

青色の地に、白い絵柄が刺繍された守り袋のように見える。見覚えがなかった信長は、

それを女に差し出した。女は受け取ると、身に着けた小袖の懐に大事そうに収めた。それから、

「何か、あたしに言うことないの」

と、前と変わらぬ図太さで訊く。が、その声には、男を包み込むような優しさも含まれていた。

「何を言やあ、いいんだ」

信長はぞんざいに尋ねた。

「まったく」

女は口惜しそうに舌を鳴らした。

「本当に、何もかも知らないんだね」

憎まれ口を叩くように言う。

「こんなことから、教えてやらなけりゃいけないなんて！」

だが、乱暴に言いながらも、女の物言いには信長をいとおしむ響きがあった。今は、信長にもそれが分かる。

こういう女に気を許すのは、意外にも心地よいものだった。男の欲望を満たしてくれるだけではない。女の前で突っ張ったり、凄んでみせたりしなくていいのが、気持ちを楽にしてくれるのだ。

（これは、どんな女でも持っている力なのか）

信長は真面目に考え込んだ。

たぶん、そうではないだろう。母の土田御前はいつも、信長に居心地の悪い思いをさせる。父の前では違うのかもしれないが、少なくとも、世の中には信長を安らかにさせてくれない女がいる。

母だけではない。信長に仕えながら、その癇癪《かんしゃく》がいつ起きるかとおどおどして、主人の顔色をうかがうばかりの女たちも、信長は嫌いだった。女とは鬱陶しいだけのものだった。

だが、この女は違う。

初めは要らぬ世話を焼こうとするのが煩《わずら》わしかったが、今にして思えば、満更でもなかった。

（そうか、俺はこういう女が好きだったんだ）

女が嫌いだったのではなく、好きな女が周りにいなかっただけなのだ、という事実に気づき、信長は妙に安心した。

これからやって来る蝮の娘を、女というだけで嫌ったならば、さすがに気まずいことになるだろう。だが、こうなってみると、

（蝮の娘を、俺は好きになれるのか）

という疑問も浮かんできて、信長は面倒になった。

「何を考えているの」

女は身を起こすと、そのまま上半身をもたせかけてきた。信長の目を間近からのぞき込むようにして問う。少し前なら、うんざりするほど嫌な女のしぐさと見えたはずだが、今は違った。

「いや、別に」

ここで、蝮の娘について正直に話すのが適当でないことも、何となく察しがついた。

「将来を契った娘に、悪いことをしたとでも思っているんでしょう」

女は痛いところを衝《つ》いてくる。

「いや、そうじゃない」

慌てて言ったのが、信長にもわざとらしく聞こえた。女は不意に、寂しげな笑顔を見せると、

「あたしはね、きよっていうの」

と、改めて信長に名乗った。

「俺は、三郎だ」

自分も名乗ってしまってから、きよが自分を織田家の跡継ぎだと知っているのかどうか、信長は気になった。できれば、知られたくない。

「あたしはね、美濃から来たんだ」

きよは信長の名乗りには興味を示さず、問わず語りに話し出した。

「まだ赤子の娘を連れてる」

美濃からやって来た子連れの女——その時、先ほどから引っかかりながらも放っておいた疑惑の糸が、一つにつながった。

きよは、仲間たちが噂《うわさ》していた美濃の美女だったのだ。

それに気づいた時、信長は苛立ちを覚えた。先ほどの関心のなさが嘘のように、今は、きよの噂をしていた男を張り倒してやりたい。

だが、信長の内心には気づきもせずに、きよは勝手にしゃべり続けた。

「初めて産んだ娘じゃないの。あたしは前にも娘を産んでる」

そう言うなり、きよが黙ってしまったので、

「最初の娘はどうしたんだ」

しょうことなしに信長は尋ねた。

「死んだ……」

きよはぼんやりと呟くように言った。その目は信長を見てはおらず、先ほどまで燃え盛っていたものの、今は火勢の弱くなった焚火の炎に向けられている。虚ろな瞳に映って揺れる炎は、幻影のようにはかなげだった。

「嫁いだ家は土地持ちの百姓でね。亭主が身内の大反対を押し切って、孤児《みなしご》のあたしを女房にしてくれたんだ。想い合って一緒になったはずだったんだけど……。亭主は跡継ぎの男の子を欲しがった。だけど、生まれたのは女の子で、すぐに死んでしまった。亭主もあまり悲しまなかったと思うんだ。それが哀れでねえ」

きよの独り言は続いている。

「次に子ができた時は、今度こそ男の子をって、亭主も願ったし、あたしも願った。でも、生まれたのはまた女の子だったんだ」

きよの声はその目と同じように虚ろである。その過去が、言葉では言い表せないほど悲しいものだということは、信長にも分かった。

「亭主はあたしに腹を立てた。あたしを嫌ってた亭主の身内があたしを責めるよりも先に、亭主があたしを責めた。お前は女しか産めないのかって。その時、思ったんだ。この人はもう、あたしを好いちゃいないんだって」

最後の言葉は、大きな溜息と共に吐き出された。

「あの人にとって、あたしはいつの間にやら、跡継ぎを作るための道具でしかなくなっていたんだよ。それで、あたしは生まれた娘を連れて、家を出たんだ」

きよは押し黙った。それで話は終わりのようだ。

「それで、よかったんだ」

信長は思わずそう言っていた。

「そうだよね。あんな家にいたら、あたしの娘もかわいそうだ」

まるで自分に言い聞かせるように、きよは言う。

「これからどうするんだ」

きよの過去について、何も言ってやれない自分にもどかしさを感じつつも、信長はそう尋ねることしかできなかった。

「どうって、別に……」

虚ろな声のまま言いかけたきよは、そこで突然、生き生きとした明るさを取り戻し、

「安心してよ。あんたの女房にしてくれって、押しかけて行ったりしないからさ」

きよが信長の立場を気遣ってくれているのは分かる。

その時、ほっとしつつも、一方では押しかけて来てほしいと思う気持ちが湧いたことを、信長は自覚していた。

「尾張に知り合いがいるわけじゃないんだろう」

信長はつい尋ねていた。誰かの身を案じるなど、初めてのことであった。

「尾張に長居はしない」

きよは今度は、信長でも焚火の炎でもなく、どこか遠い場所をじっと見つめるような目をして言った。それはもう虚ろではなく、己の行末を見据えていこうとする強さを備

えていた。

「じゃあ、どこへ行くんだ」

信長は訊いた。

きよが尾張を離れてしまえば、もう逢《あ》うことはできなくなる。そのことが、不意に寂しく感じられた。

「海の向こうよ」

「うみのむこう……」

信長は怪訝《けげん》な表情をする。まるで異国の言葉を聞いたような違和感があった。

「海の向こうって、高麗《こうらい》や明《みん》にでも行きたいのか」

「どこでもいいの。高麗でも明でも、あるいは南蛮《なんばん》とかだって」

きよは堂々とした口ぶりで言った。

「お前、日の本を端から端まで行こうったって、なかなか行けるもんじゃない。それなのに、海の向こうへ行くなんて……」

さすがの信長も仰天していた。

これまで、人を啞然《あぜん》とさせるのも、絶句させるのも、いつも信長の役回りだった。周りには、信長より奇抜な考え方をする者も、常識にとらわれず行動できる者もいなかったからだ。

（この女は俺と似ている）

信長がこの世を窮屈に思い、息苦しさを覚えるのと同じような心地を、きよも感じていたに違いない。

信長はまぶしさに耐えきれなくなったかのように、きよから目をそらした。何げなく見上げた空を、悠々と飛んで行く鳥の姿が目に入ってくる。きよのようだと、ふと思った。

この女には翼がある。海の向こうまで飛んで行ける翼が――。

「俺も行こう」

きよに目を戻した時、信長の口は勝手に動いていた。

「本当かい？」

きよがぱっと顔を輝かせて、信長を見つめる。正面から向けられた、まっすぐな眼差しは明るく力強かった。

「今まで、あたしの話を聞いて、真面目に受け取ってくれたのは、あんただけだよ」

きよは嬉しそうに言い、信長の手を取った。

「それに、一緒に行くって言ってくれたのも――」

信長は自然に、きよの肩に腕を回していた。きよが弾んだ鞠《まり》のようにしがみ付いてくる。

「あたし、都へ出ようと思っているの」

きよは言った。

「あんたにも、いろんなしがらみがあるんでしょう。だから、うるさいことは言わない。あたしは都であんたを待ってるよ。あんたが来たら、一緒に船を探そう」

もう決まったことのように、勢い込んで、きよは言う。

「都で何をするんだ」

信長が尋ねると、きよはぱっと体を離して、

「決まってるでしょ」

と、怒ったように口を尖らせた。

「海の向こうへ行くにも、先立つものは金なのよ。金も払わずに、他人《ひと》さまが船に乗せてくれるわけないでしょう？」

教え諭すように、続けて言う。

「あたしね、亭主の家を飛び出してくる時、絹をたあんといただいてきたの。少々かさばるけれど軽いし、金の代わりになるからね。あっ、あたしがいた家、お蚕さんを育ててたんだ。だから、元手はある。それで、商いを始めるつもりよ」

「女が、商いを――？」

信長はついそう口走ってしまい、きよから冷笑された。

「あんた、そんな傾《かぶ》いた格好してるから、ちょっとはそこらの男と違うって思ってたけ

ど、意外に古いことにこだわるのねえ。よっぽど、育ちがいいんでしょうよ」

きよが再び勘の鋭いところを見せる。

信長はむっとした。それを見ると、きよは「あははっ」と声を上げて、明るく笑い転げた。

「あんたは、それでもやっぱり、他の男とはまったく違うよ」

あたしと一緒に、海を渡ると言ってくれたんだからね——きよは信長の耳もとに口を当てて、ささやくように言い、最後に軽く歯を立てて、男の耳たぶを噛んだ。

三

天文十八年二月半ば、帰蝶は美濃の稲葉山城を出立した。

「これを母と思い、肌身離さず持っていてください」

小見の方は別れ際、帰蝶に守り袋をくれた。母が手ずから縫ってくれたその袋は、青海波の紋様の地に黄金色の蝶が刺繍されている。袋の口を結ぶ飾り紐《ひも》は鮮やかな紅色であった。

「母上……」

もう二度と母に会うこともないと思う帰蝶の目には、熱いものが込み上げてくる。

「帰蝶を頼みましたよ」

小見の方は帰蝶の傍らにいるおつやに言った。おつやはしかとうなずき返す。

そして、同月二十四日、花嫁の一行は尾張の那古野城に到着した。

到着早々に婚儀を控えているから、帰蝶もおつやもゆっくりと休む暇《いとま》がない。それでも、式の前のわずかな閑《ひま》を見つけて、家老の平手政秀が挨拶にやって来た。

すでに髪や髭《ひげ》に白いものが交じり始めており、穏和な風貌ながら、武骨で剛直そうな男である。

「姫さまにおかれましては、道中、さぞやお疲れでございましょう」

と、型通りの挨拶をした後で、政秀はつと膝を進めると、

「その、こちらの若殿の評判は、美濃にも聞こえておられましょうか」

と、帰蝶とおつやの顔色をうかがうように、遠慮がちに尋ねた。

「そのことでございますが」

おつやはずいっと前へ膝を進めた。

「美濃においても、若殿さまの評判は芳しからず」

おつやは平手政秀の皺《しわ》だらけの顔を、ちらと見つめて、咳払《せきばら》いをした。

「さようでございましたか」

重い溜息と共に吐き出すように、政秀は言った。

この信長の評判というものも、小見の方とおつやの頭痛の種になっていた。

——ただのうつけならばともかく、信長殿は大うつけと呼ばれているそうではないか。

小見の方はおつやの前で、しきりに気を揉《も》んだ。

——それも、家中の者ばかりでなく、領民たちまでが大うつけさまと呼んでいると聞きましたぞ。

そのようなうつけ者が本当に織田家の家督を継ぐことができるのか。仮にできたとしても、領地を守ることができるのか。

そして、帰蝶はそのような男を夫として尊重し、互いに支え合うことができるのか。

——とにかく、頼みましたよ、おつや。もし婿殿がまことにどうしようもない大うつけならば、ただちに私に知らせるのです。殿にお頼みして、離縁ということもありますからね。

と、おつやは小見の方からひそかに言われている。

この時、織田家の人々や不吉な予言から帰蝶を守ることに加え、信長の器量を見定めるという重要な役目がおつやに課されたのであった。

おつやの厳しい眼差しを前に、政秀はおもむろに口を開く。

「芳しからぬ噂は確かにございますが、若殿はうつけ者ではございませぬ。武芸に秀で、聡明な方であることは、この平手が何度でも証を立ててみせまする。ただ、少々、風変わりな身なりをしたり、評判のよくない者と付き合ったりなさるだけで……」

「歌舞伎者の格好をなさることとか、ならず者をおそばに近付けておられることとか、そのくらいの所業は若さゆえに許されましょう。ただ、人としての情理を軽んじるお方であっては――」

「若殿は決して情理をわきまえないお方ではありませぬ。さもなくば、たとえならず者でも、若殿を慕って群れを成したりはいたしますまい」

と、その言い分に政秀は、おつやの耳には真っ当とは聞こえぬ言い訳をした。

しかし、その言い分にも一理ある。

「それならば、よろしゅうございますが……」

おつやはしぶしぶといった様子で、引き下がる様子を見せたものの、

「姫さまはお若くして故郷を離れ、ただ一人、若殿さまだけを頼りにしておられるのです。そこのところは、若殿さまにも重々、ご承知いただかねば――」

最後に、ぴしゃりとした口調で付け加えるのを忘れなかった。

おつやが信長を見たのは、日が暮れてから行われた婚儀においてである。室内には盛んに灯火《ともしび》が燃えていたが、

（あら、どちらかといえば、華奢《きやしや》な感じの、女子《おなご》のようにきれいなお方じゃないの）

おつやの第一印象はそれであった。

評判通り、茶筅に髷《まげ》を結っているのが、大名の子としてはどうかと思われたが、若者には流行《はや》りの髪形であったし、目くじらを立てるほどのことではない。婚礼のため、上等で清潔な裃《かみしも》に袴を着けているので、別段、変わり者とも見えなかった。切れ長の一重《ひと》瞼《えまぶた》は涼しげでありながら、その下の目は鷹《たか》のように鋭い。それが恐ろしげであったが、見ようによっては男らしいと言えるだろう。

(これならば、姫さまもお気に召すはず)

おつやはひとまずほっとした。

(御方さま、それほどご案じなさるには、及ばぬようでございます)

と、胸の中で、小見の方にも報告した。

あとは、二人の閨《ねや》での儀式が無事に終わることを、祈るばかりである。

小見の方の頼みで、おつやは帰蝶に閨のことを指南している。さすがに、帰蝶はおつやと目を合わせずに、うつむいていたが、ひと通りの知識は与えたつもりだ。少なくとも、恥をかいたり、かかせたりすることはないだろう。

(まあ、こういうことは殿方にお任せするものだから……)

そういう点で、十六歳の信長が十五歳の帰蝶を、脅えさせず嫌がらせず、うまく先導できるか不安はあるが、そちらの方は平手政秀などがうまく教え込んでいるのだろう。

閨に入る帰蝶の仕度を手伝いながら、おつやはそっと言ってみた。

「姫さま、ようございましたね。若殿さまはなかなかの男前ではございませんか」

「まあ、おつやったら……」

からかい半分のおつやの言葉に、帰蝶はほんのりと目もとを赤らめて言い返した。

「私は、あまりはっきり見ていないわ」

「ならば、じっくり御覧なさいませ。お肌などたいそう白くて、気品のあるお方でございます。どうして、大うつけなどという評判が立ったのか、私などは不思議に思ったくらいでございますもの」

おつやはまるで我がことのように、うきうきとして言った。

帰蝶の仕度が整うのを待って、

「さ、姫さま。参りましょう」

おつやはその手を静かに取った。帰蝶を閨の間まで連れて行ったら、おつやの仕事は終わりである。

おつやが手を引き、その前を手燭《てしよく》を捧《ささ》げ持った侍女が行く。長い廊下の上に、炎の作る影がゆらりゆらりと揺れていた。

それを見ているうち、おつやの耳もとにふっと、遠い昔に聞いた言葉がよみがえった。

――こなたさまの娘は二人の男から求められよう。そして、一方の男がもう一方を殺めることとなる。

おつやに手を引かれ、初夜を過ごそうとしている帰蝶は何も知らない。いや、知るべきではない。一生、知ってはならないのだ。

(姫さま、どうぞ、若殿さまお一人から大事に想われますよう)

おつやはそっと目を閉じると、心の中で静かに祈った。


灯台の火は一つだけにすると言って、おつやと先導役の侍女は去って行った。

帰蝶は一人きりで、信長が来るのを待っている。

信長は確かに際立った男という印象であった。何より鋭い眼差しが、帰蝶の知る他の男とは違う。父の道三はそういう鋭さを、おおらかな風貌で隠しているような男であったし、いつも身近にいた光秀はもっとずっと優しげである。

(でも、私は決してあのような目の人が、嫌いではない)

剣のように冷たくてとげとげしいものを発散しているような男――。

(私はここで、母上とも深芳野さまとも違う生き方ができるだろうか。亡くなった姉上の代わりでもない、私だけの生き方を――)

信長はなかなか来ない。

帰蝶は心を落ち着かせるため、静かに目を閉じた。

懐かしい人の面影が浮かぶ。

――姫さまがそうしてご自分の生き方を探しておられる間に、私もまた、私だけの生きる道を探すつもりです。

そう言ってくれた人をこの閨で思い浮かべることが、罪なことだとは思わない。光秀が心の中にいてくれる限り、自分は自分だけの生き方を求め、強く生きられるような気がする。

（十兵衛殿……）

帰蝶がそう胸で呟いたその時、廊下をどかどかと踏み鳴らす足音が聞こえてきた。はっと目を開けた時にはもう、襖《ふすま》ががらりと乱暴に開けられていた。

信長だった。

「あっ！」

と思わず声を上げてしまったのは、相手が白の寝巻姿ではなかったからだ。信長が着ているのは、広袖に半袴という、美濃で噂に聞いた歌舞伎者の格好であった。それも、黒字に黄金の縫い取りという派手な装いである。

「そなた、き……よ……」

信長は帰蝶の顔を見て、一瞬、驚いたような表情を浮かべた。帰蝶には信長の声が聞き取れなかった。

「何でございますか」

「いや。そなた、蝮の娘だな」

信長は乱暴に訊いた。すぐには答えかねていると、

「ま、好きにしていい。干渉はせぬ」

と、信長は帰蝶の返事を待たずに言った。

「あの……」

これからどうするつもりなのか——と問いかねていると、帰蝶の心を察したのか、

「俺は出かけてくる」

と、信長はぶすっと言った。

「えっ、これからですか」

「好きにしろと言ったはずだ」

信長は癇癪を起こしたように、いらいらと帰蝶の言葉を遮った。続けて、

「俺はしばらく戻らない！」

そう言い放つと、たちまち踵《きびす》を返して、帰蝶の前から去って行った。帰蝶は信長が一陣の風のように立ち去った後も、その場に茫然《ぼうぜん》としていた。

「何だ、あの女——」

その時、廊下を足早に進む信長が首を傾《かし》げているのを、帰蝶は知らない。

「どうして、似ている。どうして、きよに似ているんだっ！」

それがまるで帰蝶の罪であるかのように、信長は苛立っていた。

「別人には違いないんだが……」

似ていることが、その時の信長には許しがたいことのように感じられた。

以来、信長は帰蝶の部屋には近付こうとしなかった。

三章　敦《あつ》盛《もり》

一

帰蝶が信長に嫁いで二年が過ぎた、天文二十（一五五一）年三月三日──。

「お濃《のう》の方《かた》さまっ！」

家老の平手政秀が、帰蝶のもとへ駆け込んで来た。

ここ尾張では、帰蝶は濃姫《のうひめ》、もしくはお濃の方と呼ばれている。美濃から来た姫ということから付いた呼称であった。帰蝶と本名で呼ぶのは、信長の父信秀くらいである。

当の夫である信長とは、この二年というもの、まともに顔を合わせたことさえなかった。信長を疎んじている義母土田御前とも、ほとんど顔を合わせていない。

「何でございますか、平手殿」

帰蝶はこの尾張で、平手政秀だけは気に入っている。たとえ、信長が自分をどれほど無視しようとも、この政秀だけは帰蝶を忘れず、常に気にかけてくれていた。

「若殿はどちらにおられますか！」

政秀はうろたえた声で叫ぶように言った。

「うつけ殿のことなど、知りませぬ」

帰蝶はたちまち不機嫌な顔になり、ぷいと横を向いた。

信長のことを自分に尋ねても無駄だということくらい、どうして分からないのか。自分の爺やのように政秀を慕う帰蝶も、この時は不快な気持ちを隠さなかった。

だが、政秀はいつもと違って、帰蝶の機嫌を取り結ぼうとしない。

「とにかく、若殿をお捜しせねばなりませぬ」

政秀は帰蝶に告げるというより、自分自身に言い聞かせるように言った。

「一体、何があったのです」

さすがに様子が変だと気づいて、帰蝶は尋ねた。

「殿が……ご危篤にあられるのです」

政秀は苦しげな声で告げた。

「何ですって！」

帰蝶も、傍らに控えていたおつやも、思わず腰を浮かした。

政秀が殿と呼ぶのは、信長の父信秀のことである。

信秀は跡継ぎと決めた信長に那古野城を与えると、自らは古渡《ふるわたり》城、末森《すえもり》城などを次々に築城し、妻子や家臣たちと共に拠点を移していた。現在は末森城の城主である。

「ご危篤とあれば、お具合が悪くなられたのは昨日今日ではありますまい。臥《ふ》しておられるという知らせは末森から受けておりますが、まるで風邪を引かれたかのようなお言伝《ことづて》でしたのに……」

帰蝶は非難の色を隠さずに言った。

「姫さま。ただ今、さようなことをおっしゃっても……」

横から、おつやが帰蝶をたしなめるように言う。

「確かにそうですね」

帰蝶はうなずいた。そして、政秀に向き直ると、

「うつけ殿ならば、庄内川《しょうないがわ》で水練の稽古でもしているのではないかと思います」

信長は三月になると、待ちかねていたように川で泳ぎ始め、それを九月まで続ける。

帰蝶は信長と顔を合わせこそしなかったが、その行動については大方把握するようになっていた。

尾張の勢力図にもくわしくなっている。もっとも、これは侍女のおつやから母小見の方へ、小見の方から道三へと、情報が筒抜けになる仕組みであった。侍女から道三正室への文《ふみ》までは、織田家側の検閲も入らないだろうとの目論見である。

信長の父信秀は、織田家の直系ではない。また、織田本家も尾張国全土を支配下に置

いているわけではなかった。

尾張国の守護は、すでに実権を失っていたものの、管領斯波氏《かんれいしば》である。その守護代が織田大和守《やまとのかみ》家であり、信秀はその分家として本家を主筋に仰いでいたが、すでに本家を脅かす力をつけていた。

（義父上《ちちうえ》に何かあれば、まず間違いなく、斯波氏と大和守家は結託して、この家の家督相続に介入してこようとするだろう）

帰蝶は父道三が守護である土岐氏を追い出し、美濃一国を手中に収めた話を聞き知っている。道三の周囲には、その国盗りに死力を捧げた老臣たちもいる。帰蝶の母方に当たる明智氏とて、主筋の土岐氏を裏切って道三に味方した口であった。

そうしたことを、耳に挟んで育ったためか、あるいは道三譲りの血筋のせいか、帰蝶は権力を狙う男たちのありようを見定めるのが、嫌いではなかった。

もっとも、それで織田家を裏切っているという意識はない。尾張の内情を知られるのを承知の上で、織田家は帰蝶を迎え入れているのである。

帰蝶とおつやが送り届けている情報は、道三を喜ばせているらしい。そう聞けば嬉しいが、割り切れない気持ちも帰蝶にはあった。

信長は帰蝶を妻としては扱わない。婚礼の後も、相変わらずのうつけぶりである。

――一体、どういうおつもりなんでございましょう。

おつやは信長の仕打ちを、帰蝶への大変な侮辱だと断じて、ただちに実家へ知らせるべきだと言う。だが、帰蝶は慌てなくていいと、おつやを止めた。信長に情けをかけてもらえぬ自分が惨めだからではない。また、信長を大事に思うがゆえでもない。

ただ、ここで自分だけの生き方を見つけたいという、ひそかな望みを果たさぬまま帰ることが嫌なだけだ。何も見つけられないまま、稲葉山城にいるあの十兵衛光秀と顔を合わせることになるのが――。

帰蝶は今年で十七歳になった。このままでよいとは思わないが、さりとてどうする当てもなく、おつやは帰蝶以上にやきもきする。

そんなふうに帰蝶たちが過ごしていた那古野城に、嵐のように飛び込んできたのが、信秀危篤の知らせであった。

政秀は帰蝶の言葉を受け、急いで信長を庄内川へ捜しに行った。二人が連れ立って城へ帰って来た時には、未《ひつじ》の刻《こく》（午後二時）になっていただろう。帰蝶はすでに末森城へ出向く仕度を済ませている。

帰蝶をちらと見たものの、信長は何も言わなかった。だが、その表情が苦痛にゆがんでいるのを、帰蝶は見逃さなかった。

信長は苦しんでいる。自分を大切に扱ってくれるただ一人の身内と言ってもよい父が、この世を去るかもしれないことに——。

そして、憤っている。自分を疎んじている母と弟たちが、自分一人を除《の》け者にして、父の危篤を前もって知らせなかったことに——。

この点については、帰蝶も同じだった。

義父信秀に対して、帰蝶は悪い印象を持っていない。信長を跡継ぎとして重んじる信秀は、帰蝶をも大事にしてくれた。おおらかな信秀の人柄が、何ものにも縛られぬ生き方を信長に許してきたのだと察せられもした。

信長は馬で末森城へ駆けた。政秀と十名近い近習たちも馬で追ったが、信長は一人で馬を走らせて行ってしまい、彼らを待つようなそぶりは見せない。帰蝶は後からおつやと共に駕籠《かご》で向かった。

帰蝶が末森城へ到着した時にはもう酉《とり》の刻（午後六時）を回っていた。そして、この日の午《うま》の刻（正午）には信秀が息を引き取っていたと、この時、帰蝶は知った。

ならば、帰蝶や信長が政秀から危篤の知らせを聞いた時にはもう、信秀はこの世を去っていたことになる。

「信長殿は……」

義父の亡骸《なきがら》に対面した後、帰蝶は末森城の侍女に尋ねた。もうとっくに着いているはずの信長の姿が見えないのである。

「若殿さまはお城を出て行かれました」

と、侍女は答えた。

「どちらへ行かれたのでしょう。那古野城へお帰りになったのですか」

「いえ、この後、ご葬儀がございますので、それはないと存じますが……」

侍女は困ったふうに顔を伏せて言う。

「平手殿はいかがされましたか」

「はあ。若殿さまを追って、やはりお城の外へ――」

信長は父の遺体と対面するのが耐えられなくなり、城外へ逃げ出した。それは跡継ぎにあるまじき行為だと、慌てた政秀がその後を追って行き、いまだに帰って来ないということか。信長と政秀の性情からすれば、十分に考えられる成り行きだった。

(今後、織田家はどうなってしまうのか)

不安に駆られるというよりは、底なしの井戸でも見下ろしているような気持ちで、帰蝶はそっと溜息を吐いた。

二日後に行われた葬儀の席で、信長はうつけの名をさらに高めるようなことを仕出かした。

葬儀は巳《み》の刻(午前十時)から、那古屋城にほど近い信秀開基の萬松寺《ばんしょうじ》で行われることになっていた。

本堂は朝から、威儀を正して座す織田家の重臣たちで埋め尽くされている。織田家と血縁のある住職以下、十名近い僧侶たちが前列に座し、読経《どきょう》していた。抹香の匂いが立ち込める中、僧侶たちの低い読経の声がおごそかに響き渡る。

その頃、帰蝶の背後に座している平手政秀は、脂汗を流していた。信長が葬儀に連なっていないからだ。焼香の時刻になれば、信長の不在は隠しきれない。

(勘十郎信行殿……)

帰蝶は信長の弟で、今、喪主の次席に座っている信行を、ちらと見た。生母も同じせいか、顔立ちは信長とよく似ている。

だが、信行は全体に穏和な風貌で、人当たりもよく、身なりは清潔だった。この日も、裃と袴を実に見事に着こなし、礼儀に適《かな》った様子でかすかにうなだれている。

(この様子を見れば、誰もが信行殿こそ跡継ぎにふさわしいと思うに違いない)

帰蝶には、信行を推す人々の心が分かる。

そして、信長もきっと分かっている。なればこそ、政秀の望むような振る舞いをすることができないのだ。それをすれば、信長も信行と同じになってしまうから。人の期待通りに動く傀儡《かいらい》でしかなく、家臣の言いなりになるだけの当主になってしまうから。

「ご焼香を」

やがて、読経が終わると、住職が振り返って促すように言った。信長がいないので、自然、その言葉は信行に向けられたものとなる。

この席で、一番目に焼香をすることが何を意味するのか、信行はしかと分かっているだろう。

信行の白い頬が、かすかにゆがんだのを——それも、苦痛のゆえではなく、ほくそ笑みを押し殺したゆえであるのを、帰蝶は見逃さなかった。

信行が今にも仏前へ参るべく、立ち上がろうとした。その時である。

入口から突風が吹き込んできた。まさにそうとしか思えぬ勢いで、信長が現れたのだ。驚くべきことに、信長は茶筅髷に、いつもの広袖と半袴という出《い》で立《た》ちだった。刀まで差している。そして、ずかずかと足音を立てて、仏前までやって来ると、位牌《いはい》を睨むようにじっと見つめた。

「ご、ご焼香を」

僧侶がもつれる舌で信長を促した。すると、信長はやおら抹香をつかみ取り、いきなり位牌に向かって投げつけたのである。

（親父よ、なぜ死んだ！）

この尾張の混乱を鎮めることなく、何ゆえ、俺を置いて死んだ——帰蝶には、信長の慟哭《どうこく》が聞こえてきた。

（あの人は……寂しいのだろうか）

もしかしたら、自分はこの二年、信長を見ていないようで、見続けてきたのかもしれない。自分を無視する信長を、自分もことさら無視しようとしながら、どうしても目をそらすことができなかったのかもしれない。

信長が立ち去って行った後、落胆と困惑の大きな溜息が、どよめきのように葬儀の席に広がった。だが、少なくとも自分はそれに同調できないと、帰蝶は思った。

それが信長を理解しているということなのか、この時の帰蝶にはまだ分からなかった。

二

天文二十二年閏《うるう》一月十三日、その日はうららかに晴れていた。

すでに梅は散りかけており、ひと時、盛んに鳴いていた鶯《うぐいす》の声もまばらになった。

信秀の死から、二年が過ぎようとしている。

信長は相変わらず那古野城に暮らしていた。信秀の後継者は嫡男の信長ということで、ひとまず落ち着いたが、かつて信秀の居城だった末森城には、信行が土田御前と共に暮らしている。これは、信行が信秀の跡を継いだと見なされかねぬ事態であった。

だが、末森城に移るべきだという家臣たちの進言に対して、信長はただ面倒だと言うのみであった。

信長と信行の緊張をはらんだ情勢は、なおも持続していたが、ここ二年というもの、これという事件は起こっていない。

信長の日常も、水練や相撲、仲間たちとの模擬合戦など、父の生前とあまり変わらなかった。帰蝶は相変わらず捨て置かれていた。

だが、その間も、家老の平手政秀は、何くれとなく帰蝶を気遣ってくれている。だから、この日、政秀が帰蝶の部屋にやって来たことを、帰蝶もおつやもさして訝《いぶか》らなかった。ただ、年明け早々の挨拶以来であったので、

「しばらく顔を見せませんでしたが、どうしていましたか」

と、帰蝶は尋ねた。

「いえ、さしたることもございませんでしたが、少々風邪などを引き込みましてな。御方さまにおかれましては、お健やかでいらっしゃいましたか」

政秀はいつもと変わらず、心遣いが濃《こま》やかである。

「今日は少し、御方さまと四方山《よもやま》話《ばなし》などいたそうと思いましてな」

そう言うと、政秀は干柿の入った袋を取り出して、帰蝶の前にぽんと置いた。湯の一杯など所望したいと言うのを受けて、

「ならば、この私が茶を点《た》てて進ぜましょう。おつや、茶室の用意を――」

帰蝶は気を利かせて言った。

この頃、すでに茶の湯のたしなみは、大名層に浸透している。京や堺《さかい》では、茶人たちが活躍していたし、この那古野城にも茶室がある。

茶室の用意が調うと、主人役の帰蝶だけが先に座を立った。主人が待ち受ける席へ、客人の政秀が呼ばれる段取りである。

茶室では、釜の火の爆《は》ぜる音と、湯の沸く音が気持ちよく鳴り続けていた。その音が松籟《しょうらい》に似ていると言ったのは、茶のたしなみを仕込んでくれた母小見の方であった。

その母は、信秀が死んだのと同じ年に亡くなっている。

（母上、とうとう死に目にもお会いできなかった……）

帰蝶はそっと懐から、母の守り袋を取り出して見つめた。青海波紋様の地の上に、黄金色の蝶が刺繍されているものだ。

（平手殿は何か、重大なことを告げようとなさっている）

もちろん信長の話だろうが、帰蝶にも深く関わってくる予感があった。

（母上、私はどうかしてしまったのでしょうか。信長殿のことを思うと、なぜか胸が痛むのです）

父を喪《うしな》い、母には情けをかけてもらえぬ信長の孤独が剝《む》き出しのまま、伝わってくるような気がするのだ。

（私が正しい生き方をできますよう、母上、お力をお貸しください）

帰蝶は守り袋をそっと口もとに押し当てるようにして祈ると、再び懐にしまった。それから、釜の傍らに背筋をぴんと伸ばして座り、客人を迎える仕度にかかった。

ややあって、政秀が一人で茶室に入って来た。

帰蝶と政秀は黙って一礼を交わす。そして、帰蝶の点てた茶を、政秀は礼儀正しく飲み干した。菓子器には、政秀の持参した干柿が、若草色の紙の上に形よく盛られているが、そちらには手をつけようとしなかった。

「甘露のごとき、よき茶でございました」

政秀は茶を飲み終わって挨拶した。

「甘露とは、大袈裟な……」

帰蝶は軽く微笑もうとしたが、嫌な胸騒ぎがして、顔が引きつってしまった。自分がそんな気持ちになる理由を尋ねたいが、どう訊けばいいのか分からない。その代わり、帰蝶は別のことを尋ねた。

「干柿を召し上がらないのですか」

「……はい。これは、このままお捨てくださいませ」

政秀はうなだれて言った。そして、顔を上げないまま、

「これは、土田御前さまからお預かりしたお品。殿に差し上げるよう、申しつかったものにござります」

と、うめくように続けた。

「土田御前さまから……」

帰蝶の顔にも緊張が走った。

「土田御前からの進物となれば、妙な警戒心を持たれるかもしれない。ゆえに、これは平手の爺からとして、殿にお勧めするようにとのお言葉でございました」

政秀は訥々《とつとつ》と話し終えた。なおもうつむいている政秀に、酷だとは思いながらも、帰蝶は問わずにいられなかった。

「平手殿がこれを捨てよとおっしゃったのは、この干柿に……」

毒が入っていると疑ってのことか——さすがにそこまでは口に出すことが憚られた。

「不安があるのなら、毒見をさせればよいとお思いでございましょう。されど、それがしはそれさえ、恐ろしゅうてできぬのでございます……」

政秀は声をつまらせた。

もしも、土田御前が信行に家督を継がせるため、鬼となったのであれば、自分は信長の前でどんな顔をすればよいのか分からない。その政秀の気持ちが帰蝶には痛いほど分かった。

帰蝶の知る限り、母への恋しさなど微塵も見せたことのない信長だが、幼い頃はどうだったろうか。守役の政秀の目には、今もなお、信長は母を恋うる少年に見えるのかもしれない。

「それにしても……」

帰蝶は呟くように言った。

「土田御前、いえ、信行殿と殿の御仲は、このような心配をしなければならぬほど、悪くなっているのでしょうか」

織田家の家督は故信秀の方針に従って信長と決められたのに、なおも信行は野心を捨てきれていないのか。

「御方さま」

不意に、政秀が居住まいを正して、顔を上げた。今度はもう恐れもせずに、帰蝶の顔を正面から見据えてくる。

「お願いがございます」

政秀は切り込むように言った。

「どうぞ、実家のお父上にお文を書いてくださいませ。そして、殿へのご支援をお願いしていただきとう存じまする」

政秀は言い、最後に折り目正しく頭を下げた。

確かに、帰蝶の父斎藤道三が信長の後ろ盾になれば、信行への脅威となろう。

織田家の家中に、頼りになる人物を見つけられず、こうして帰蝶の前に頭を下げざるを得ない老臣の決意を、帰蝶は受け止めた。

「分かりました。やってみましょう」

帰蝶は即座に答えた。政秀はさらに深く、額を床にすりつけんばかりに頭を下げる。

「かたじけのう存じます。このご恩は決して忘れませぬ」

感極まった声で言ってから、政秀はようやく顔を上げて、帰蝶を見つめた。父か祖父のような、優しい眼差しだった。

「御方さまがいらっしゃれば、殿は安泰でございましょう。斎藤家の後ろ盾があるからではございませぬ。御方さまのような女子が、殿には必要なのでございます」

「そうでしょうか。殿は、私には見向きもしてくださらぬように思われますが……」

「どうぞ、広いお心で、殿をお許しになってくださいませ。殿は、母君との関わりで、幼い砌《みぎり》より寂しい思いをしてこられました。それゆえ、女子と――それも、ご自分が惹かれそうになる女子とは、自然に相対することがおできにならないのです。ありていに申し上げれば、御方さまにお心を許した場合、いつ御方さまが母君のように冷たくなるかと、脅えていらっしゃるのでございますよ」

「あの方が、脅えて……」

帰蝶は訝しげな声を出したが、一方ではそうかもしれないと思っていた。

「その件につきましては、この爺めがどんなことをしてでも、御方さまのお心を安んじて御覧に入れます。もうご案じなさいませぬよう……」

「平手殿、一体、何を……」

帰蝶はどうしようもない不安に駆られて尋ねた。だが、政秀はそれ以上は訊くなというように、首を横に振るだけだった。

「やはり、これは私めが持って帰りましょう」

政秀は目の前の干柿を無造作につかむと、自らの袂《たもと》に押し込んで立ち上がった。

「どうぞ、この干柿のことはこの場にてお忘れくださいませ」

「平手殿！」

取りすがるように言う帰蝶に、

「甘露と申し上げたのは、決して口先だけのことではございませぬ。御方さまに茶を点てていただいて、それがしはまことに幸いでございました」

とだけ言うと、政秀は茶室を出て行こうとする。

「平手殿、私は……」

帰蝶はその背に向かって、必死に語りかけた。

「私は平手殿を、私自身の爺やのようにお慕いしておりました」

信長が平手の爺と呼ぶように、自分も呼んでみたいとさえ――。

だが、帰蝶の言葉に、わずかばかり足を止めはしたものの、政秀が振り返ることはなかった。

「かたじけないお言葉でございます……」

震える声でわななくように言うと、政秀は茶室を出て行った。

帰蝶が政秀を見たのは、それが最後となった。

織田家家老の平手政秀は、その日の夜、自宅で腹を切って死んだのである。


平手政秀の遺書には、信長の行いを諌める最期の言葉が書き連ねてあった。

政秀の亡骸を見て、信長が怒り出し、

「爺は、俺以上のうつけ者じゃ！」

と、叫ぶように泣き喚《わめ》いたと、帰蝶は伝え聞いた。

そして、政秀の葬儀も終わり、その初七日も済んだ夜、帰蝶はおつやに、

「今宵、殿をお迎えする用意をしてください」

と、言いつけたのであった。

「まあ……」

おつやは一瞬驚き、複雑な表情をした。

平手政秀の死からまだ間もない時でもあり、また、今になってみれば、帰蝶が信長を受け容れることが最善なのかどうか、おつやにも分からなくなっている。

「殿がおいでになると、おっしゃったのでございますか」

おつやは帰蝶の顔色をうかがいながら、念を押した。信長が変心した理由として考えられることは一つ、政秀の遺言に夫婦の抱える問題について触れる箇所があったということである。

「いいえ、そうではありません」

「では、どうして……」

「ただ、思うのです。今宵、殿がいらっしゃるのではないか、と――」

おつやは釈然としない気分であった。

「それで、姫さまは殿を受け容れるおつもりでいらっしゃいますか」

おつやは正面から問うた。仮に、政秀が死を賭《と》してそれを願ったとしても、これまで
放っておかれたことを、帰蝶は不満に思っていないのだろうか。

「何を言うの、おつや。私は信長殿の妻ではありませんか」

帰蝶は何事もないふうに言った。その表情から、不満や悲しみは感じられない。

(姫さまはいつの間にか、殿をお慕いするようになっていたのだ……)

先日、帰蝶が道三に宛てて書いた文の内容がそれを示している。父の力を信長のため
に使おうとする以上、帰蝶はもう、美濃へ帰るつもりはないだろう。

「かしこまりました」

おつやも覚悟を決め、言われた通り、寝所の仕度をした。それでも、本当に信長がやって来るかどうか、おつやは危ういことだと思っていたが、その夜、確かに信長は来た。前のように、傾いた格好ではなく、白の寝巻姿である。どこか怒ったような、それでいて生真面目にも見える顔をして、廊下を通り過ぎていく信長の姿を見送って、おつやはふとおかしくなった。

（あれで、けっこう、姫さまに気を遣っておられるのだ）

寝所を共にする時は、相応の格好をせよと誰かに言われたのか。あるいは、生前の平手政秀にしつこく言われていたのかもしれない。

――そんなことでは、美濃の姫さまに嫌われてしまいますぞ。

――この尾張で、たった一人、殿以外にはおすがりする人もない御方さまを、哀れにはお思いにならぬのですか。

政秀の信長を叱る言葉が、虚空から聞こえてくるようであった。

おつやはつんと痛む鼻先を押さえ、寝所の近くからそっと離れた。

三

平手政秀の死から三ヶ月余りが過ぎた。すでに、季節は初夏を迎えている。

信長は頻繁にというわけでもないが、他に女を持つことはなく、帰蝶のもとにやって来る。

平手政秀の自決に度肝を抜かれたのか、末森城の信行や土田御前たちにもその後はこれという動きもなかった。

「あとはもう、跡継ぎのご誕生を待つだけでございますね」

と、おつやはしきりに言う。

だが、織田家の跡継ぎを産めば、帰蝶にとって美濃はますます遠くなる。生母の小見の方はもはや帰らぬ人となっており、あの光秀もすでに娶ったということであった。

信長とまことの夫婦となってからも、帰蝶がひそかに光秀を懐かしむことはあった。

共に見た金華山の夕陽も、陽光を浴びた長良川の小波《さざなみ》も、城中に群れ飛ぶ蝶も、すべてが懐かしい。

あの光秀の妻となったのはどんな女人なのだろう。いつの日か、会うこともあるのだろうか。

「帰蝶、帰蝶！」

廊下を踏み鳴らす足音と共に、信長の大声が城内に鳴り響いたのは、四月の二十日過ぎであった。

「蝮に会うことになったぞ」

信長は帰蝶の部屋へやって来るなり、唐突に言い放った。

「まあ、父にお会いになるのでございますか」

さすがに、帰蝶も驚いて声を上げた。

「そうだ。急に決まったのだ」

信長はせかせかと言った。少しばかり紅潮したその顔を見つめながら、

「この度の会見は、父から申し出たものでございますね」

帰蝶は落ち着いた声で切り返した。

「その通りだが、どうして分かる」

「今の父には、殿の器を見極める必要があると思うからでございます」

「俺の器を見極める、だと」

信長の目が鋭く光った。

「はい。今、尾張は義父上（信秀）がお亡くなりになり、均衡が崩れました。尾張の守護斯波氏も、その守護代の織田大和守さまも、しきりに殿を牽制《けんせい》しておられるご様子。さような尾張の分裂を、黙って見ている父ではありませぬ」

帰蝶は澄ました顔で言った。

「つまり、蝮殿は俺が後押しするに足る男か、あるいは、利用して丸呑《まるの》みできる男か、それを見極めようというのだな」

「そういうところでございましょう」

もともと、実家に情報を送っていた時からそうだったが、信長と閨を共にするようになってからは、政《まつりごと》の話を聞く機会も増え、帰蝶の洞察力は鋭くなっていた。

「父にお会いになる時は、決して弱みを見せてはなりませぬ。父は、器が大きいと見抜いた人物にだけ肩入れする人ですから」

「うむ……」

「亡き義父上を器量人と見込んだからこそ、我が父は尾張と同盟を結んだのです。そうでなければ、殿と私の縁談もまとまってはいなかったでしょう」

「なるほどな」

信長は鬚《ひげ》を生やしていない顎をさすりながら、うなずいてみせた。

「では、弱みを見せぬためには、どうすればよい」

と、信長はどこか楽しげに尋ねた。

「まずは、隙のない装いが大切です。外見をおろそかにしてはなりませぬ」

「これでは、蝮殿に軽んじられるというわけだな」

信長は今もなお身にまとっている広袖の大きな袖を、わざとらしく振ってみせた。

「ついでに、月代《さかやき》もお剃《そ》りなさいませ」

礼儀作法をうるさく言う平手政秀の叱責を、柳に風と聞き流していた信長である。しかし、この時の帰蝶の言葉には、考え込むような表情を見せた。

帰蝶はかまわずに先を続ける。

「兵を連れて行かれるのなら、その装いなどにも、気を配られますよう」

「兵はもちろん連れて行く。蝮にいきなり嚙みつかれては、手の施しようがないからのう」

これは信長にとって難しい問題であった。

大軍で乗り込んで行けば逆心を疑われ、さりとてみすぼらしければ侮られる。兵数ばかりでなく、武装にも細かく気を配れという帰蝶の言葉に、信長はひそかに感心したようであった。

「さすがは、蝮の娘だ」

だが、信長の賛辞を聞いても、帰蝶の心に素直な喜びは湧かなかった。

(私はいつでも、殿の傍らで見ているだけ――)

物事を動かすのは、いつも道三や信長のような男なのだ。女は物事の中心には近付けない。それが不満だなどと口にすれば、おつやなどは贅沢《ぜいたく》だと言うだろう。

お子が生まれれば、そんなふうには思われなくなりましょう――おつやがそう言い出すことも分かりきっていた。

もちろん、女と生まれて、子を望まぬわけではない。だが、子を産み、育てるだけでは心もとないような気がする。そういう女の人生は、あの深芳野が悲しみ傷つきながら生きた人生と、さほど違わないのではないか。男のための女としてしか、生きていないのではないか。

(私は生涯、信長殿の妻としか言われない生き方は、嫌なのだ……)

では、信長と別れたいかと言われれば、決してそんなことはないし、女として信長を想っていることに疑いはない。

だが、信長は徐々に領主として成長し、あの父道三とも対等に渡り合おうとするまでになった。男はそうやって人生を切り拓《ひら》いていくというのに、どうして女は、自分の生き方を自分で決めることさえできないのだろう。

そうした帰蝶の物思いを打ち破るかのように、

「何か、蝮に伝えてほしいことはあるか」

早くも立ち上がりかけた信長が、せかせかとした口調で尋ねた。さっそく、会見の席の仕度に、一念を凝らしたいのであろう。

(十兵衛殿の消息を——)

ふとそう思ったが、なぜか口に出すことはできなかった。

「いえ、特には……」

帰蝶は首を横に振った。

「では、もう行くぞ」

信長はそれ以上無駄なやり取りをせずに、再び廊下へ向かって歩き出して行く。

「あっ、殿」

その背中へ、帰蝶は呼びかけていた。

「円椎の花で黄金色に輝く金華山を、いつか殿にもお見せしたい。帰蝶がそう申していたと、父にお伝えくださいませ」

「しかと伝えよう」

振り返った信長は、急いでいたのも忘れたように、深くうなずき返した。


道三と信長の会見は、美濃と尾張の双方に対して、守護不入《しゅごふにゅう》の権利を持つ正徳寺《しょうとくじ》で行われた。守護不入とは、守護使《しゅごし》が土地一反ごとに課された段銭《たんせん》の徴収や罪人追捕《ついぶ》のため荘園に立ち入るのを禁じる特権である。

この時の会見のもろもろの逸話を、帰蝶はほとんど、おつやの口を通して聞いた。

「道三さまは八百もの家臣に、見事な肩衣《かたぎぬ》と袴を着けさせ、正徳寺の門前に整列させたそうにございます。それに対して、こちらの殿は七百余りの兵士たちを武装させ、柄《え》が三間《けん》（約六メートル）から三間半の朱槍《しゅやり》五百を持たせたのだとか。弓と鉄砲も合わせて五百ほど、用意させたそうです。ところが、それを指揮する殿ときたら、いつもの茶筅髷に、湯帷子《ゆかたびら》の袖を脱ぎ、虎革と豹革《ひょうがわ》の半袴という出で立ちでございまして……」

「茶筅髷……？」

帰蝶は不審な顔つきをした。

戻って来た信長は帰蝶の進言に従い、月代を剃っていたからである。

「それなんでございます」

そこが大事なのだというように、おつやは身を乗り出すようにした。それでも、おつやの話はそこへ到達するまでに、まだ前置きが続きそうである。

「道三さまはそれを物陰から御覧になっていたそうです。ご一緒にいたご重臣の方々は、殿の格好にあきれ返り、うつけはやはりうつけだと言ったそうにございますが、道三さまは違いました。殿の持たせた槍の長さが、ふつうより長いことに気づいておられたのです。そして、その後、対面の席になりますと――」

そこで、おつやは唾を呑むと、一息ついて、再び話し出す。

「殿は、すがすがしい月代に、折り目のついた袴と裃を着けたお姿に変わっておられました。それはそれは凜々《りり》しい若殿ぶりであったとか。道三さまはそれを御覧になり、いずれ俺の息子たちはうつけ殿の門前に馬をつなぐことになるだろうとおっしゃったそうにございます」

おつやの口上はようやく終わった。

「まあ、父上がそんなことを――」

道三はそうすることで、自らが信長の後援者であることを、世間に——それも、信行方に知らせようとしたのだろう。だが、同時に、帰蝶の胸にはある不安が兆していた。

(父上は義竜兄上の器量を、それほど買っておられないのかしら)

もともと、母深芳野への仕打ちで、道三を内心では恨んでいたらしい義竜と道三の間は、年々悪くなる一方なのかもしれない。すでに、母小見の方亡き今、遺《のこ》された弟の孫四郎や喜平次はどうなるのか。

「月代を剃られてから、殿は男ぶりが上がったようではございませんか」

気がつくと、再びおつやの口が動き出している。

この会見以来、確かに信長は変わった。傾いた格好は止《や》め、以前のような広袖、半袴は着けていない。それに、信長を見る家臣たちの目つきも変わった。

「殿はこの度のこと、すべて姫さまのおっしゃる通りになさったのですねえ。あの気難しいと評判の殿が、姫さまのおっしゃることにはよく従われて……」

仲のよろしいことで——というように、おつやがからかい混じりの目を向けると、

「そうではないでしょう」

と、帰蝶は微笑みながらも、否定した。

「そうする必要があると、殿自身がご判断になられたのです。殿はいつでも、理に適うと思うことであれば、進んでおやりになりますもの」

「確かに、殿はまこと頭のよいお方でいらっしゃいますから」

おつやが信長を褒めると、帰蝶も嬉しそうにうなずいた。だが、おつやの報告が終わって会話が途切れると、思いは再び美濃のことへと戻っていく。帰蝶の顔からは笑みが消え、表情は沈んだものになってしまった。

(姫さまは一体、何を思い悩んでおられるのだろう)

帰蝶の内心に気づかぬおつやは、ひそかに首を傾げていた。

道三の支援を取り付けた以上、信長の立場は安定した。帰蝶が言うように、信長は理に適ったことであれば実行を躊躇わぬ潔さがあり、それこそ、実のところはうつけ者ではない証なのであろう。

(案外、姫さまは早くから、それを見抜いておられたのかもしれない)

蝮と言われる道三の娘なのだから――と、ふと微笑を浮かべた時、おつやの脳裡《のうり》には、もう一人の道三の娘のことが浮かび上がった。

まだ見つかっていない道三の長女――。

小見の方が亡くなった以上、おつやしか知らぬ秘密である。

(帰蝶さまにお子が生まれるのを見届けたなら、私はお暇《いとま》をいただいて、もう一人の姫さまを捜しに行こう)

そう考えた時、帰蝶が思い悩んでいるのは、いまだに子の産まれぬことではないかと、おつやは思い至った。そのことで自分にできることと言えば、子宝祈願のため神社を訪れることくらいである。

さっそくご利益のある尾張の神社を探そうと思いつつ、おつやはあえて帰蝶に内心を尋ねることはしなかった。そのおつやには、この後、美濃で起こる大きな内紛について知る由《よし》もなかったのである。

四

翌天文二十三年、斎藤道三は家督を嫡子で二十八歳になる義竜に譲った。稲葉山城も義竜に明け渡し、自らは鷺山《さぎやま》城に隠居している。

だが、その翌年の弘治《こうじ》元（一五五五）年十一月二十二日、義竜は家臣らと謀って、異母弟の孫四郎と喜平次を城内に呼び寄せた上、騙し打ちにした。道三が義竜を義絶し、孫四郎らに家督を継がせるべく画策していると、疑ったゆえである。

この直後、義竜は道三の追放を宣言して、挙兵した。

同時に、義竜は自ら前当主土岐頼芸の胤《たね》であるとし、土岐氏を名乗る。そして、道三から美濃国における実権のすべてを奪おうと図った。

この話を、帰蝶は尾張で聞いた。

「孫四郎と喜平次が殺されたなんて……」

二人は帰蝶と同じく小見の方を母とする弟たちである。二人ともまだ二十歳にもなっていなかった。道三がこの弟たちを溺愛していたのは確かだが、昨年、家督を義竜に譲ったばかりではないか。

（あの愚かな兄上の疑心暗鬼が昂《こう》じて、こんなことに……）

込み上げる悲痛な思いとやりきれなさに、胸がかきむしられるようだ。

「父上は、どうしておられるのか」

その傍らにはすでに母もなく、弟たちさえ殺されてしまった。老いた父がたった一人で、惨《むご》い闘いを強いられていると思うと、帰蝶はじっとしていられなくなる。

こんな時、男であればどんなによいか。ただちに兵を率いて、道三を助けに駆けつけることができるのに。もはや兄でも何でもない、弟たちの仇《かたき》でしかなくなった義竜を、この手で討ち滅ぼしてやれるというのに。

「道三さまのことは、ご案じなさるには及びますまい。反逆する者などたちまちなぎ倒し、再び美濃を掌握なさることでございましょう」

道三の強運を疑わぬ口調で、おつやが言う。

帰蝶もそう信じたかった。だが、大丈夫だと言われると、かえって不安の種があれこれと思い浮かんで、ついそれを口にせずにはいられなくなる。

「でも、父上は昔のようにお若くありませぬ。それに、土岐氏以来の旧臣たちは義竜の方に付くかもしれない。父上に味方するのは、明智の一族と股肱《ここう》の家臣くらいしか」

帰蝶の憂いは晴れなかった。

「ならば、姫さま。殿におすがりしてはいかがでしょう。殿と道三さまの間には、正徳寺で交わした盟約もあるのですし」

「それはそうですが、今、殿の軍勢を美濃へ送り込んでしまえば……」

移ったばかりの清洲城が手薄になるだろう。それを、末森城主信行が黙って見過ごすとはとても思えない。隙を衝かれれば、信長自身の命さえ危うくなるのだった。

だが、この件について、信長は素早く策を講じた。盟約に基づき、道三に兵を貸すことを申し出たのである。しかし、

「蝮が、俺の申し出を断ってきたぞ」

信長は風のように帰蝶のもとへやって来て、唐突に言った。

義竜が挙兵して間もない、弘治元年の冬であった。

「どうやら、長期戦になりそうだ」

と、信長は言う。

戦況は義竜側が優勢らしい。だが、義竜側にも、道三を恐れる者や、父に刃《やいば》を向ける義竜を不道徳だと考える武将などもいて、いつ寝返られるか分からぬ情勢だともいう。

「俺が尾張を完全に押さえていないから、蝮は遠慮しているのだろう」

とも、信長は言った。

「いえ、父はさような遠慮深い人ではありませぬ。長期戦になりそうだというなら、今すぐ命が危うくなることはないと、見定めているのでしょう」

「帰蝶よ」

信長は真面目な顔をして、妻の名を呼んだ。

「俺は一日も早く尾張を統一する。そして、蝮のために兵を美濃へ送ろう」

「かたじけのう存じます」

帰蝶は素直に頭を下げた。

母が亡くなり、弟たちが殺された今、帰蝶には追いつめられた父道三と、信長しかいない。

信長の言葉は温かかった。

「尾張の統一が成らなくとも、父の命が危うくなれば、兵を送ってくださいますか」

「無論だ」

信長は即座に答えた。

だが、弘治二年が明けた頃から、道三の形勢は悪くなってきた。道三の兵力は、義竜軍の七分の一程度しかいない。これは、帰蝶がおつやに指摘した通り、土岐氏の旧臣たちが、義竜に味方したからであった。

（深芳野さま、これがあなたの我が父と母への意趣返しだったのですか）

今はもう亡き深芳野の魂へ、帰蝶は虚《むな》しく問いかけるしかない。そうだとしたら、女の怨念の恐ろしさに、帰蝶は同じ女ながらもぞっとした気持ちになる。

自分も女である以上、深芳野と同じなのだろうか。

もし信長が自分を裏切るような真似をすれば、深芳野と同じように、怨念の炎を燃やすのだろうか。そして、女にしかできぬやり方でもって、報復を果たそうとするのだろうか。

（母上が弟たちの死を知ることなく、この内紛にも巻き込まれることなく、お逝《い》きになられたのがせめてもの幸いだった……）

そのくらいしか、心をなだめる術《すべ》はなかった。

そして、弘治二年の春も行き、夏を迎えた四月――。

「出陣するぞっ！」

信長が急に言い出した。

美濃で、道三と義竜の軍勢が長良川を挟んで、対峙《たいじ》したという。道三の軍勢が二千五百の総勢であるのに対し、義竜は一万七千五百の大軍であった。

道三に、とうてい勝ち目はない。

それなのに、道三は信長に援軍を頼んでこなかったのだ。

信長は独自に美濃へ放っていた間者によって、このことをつかんだ。そして、即座に美濃への出兵を決めた。

「待っておれ、帰蝶。親父殿は俺が助ける。美濃に親父殿の居場所がないなら、この尾張へ来てもらおう」

信長はそう言い置いて、慌ただしく去って行った。

「ご武運を――」

夫の背に向かって、帰蝶は祈るように声をかけた。

確かに、もう道三の命運は尽きたも同然だった。信長の言うように、父がこの尾張へ来てくれたらどんなによいか。大名でなくてもよい。相談役のような立場で、信長を支えてくれたら、尾張における反信長勢力への押さえにもなるだろう。

(でも、父上は尾張へはきっと来ない……)

帰蝶はそう思った。

国を持たなかった道三にとって、自らの力量で奪い取った美濃こそが故郷だったのだろうと思う。その我が子のように大切な美濃から、道三が離れるとは思えなかった。

(きっと、父上は死を覚悟しておられる)

母もなく、弟たちも殺され、老いた父にはもう、勝ちたいという執念さえないのかもしれない。

そうは思うが、道三を救うため、疾風のように駆け出して行った信長の心が、帰蝶は嬉しかった。父もまた、信長を婿に選んだ己の眼力に、さぞや満足することであろう。願わくば、父が死ぬまでに、信長援軍の知らせがその耳に入ってくれればよい。

出陣から十日後、信長は清洲城に帰って来た。

信長の軍勢は木曽川を越えて、美濃へ押し入ったものの、それを阻もうとする義竜軍を相手に苦戦を強いられた。美濃の大浦まで達したが、そこで道三敗死の報を聞いたという。義竜軍は勢いに乗っており、また、道三の死により戦う理由もなくなったため、信長はやむなく撤退せねばならなかった。

「帰蝶よ」

帰城した信長はひどく憔悴《しょうすい》して見えた。それは単なる疲労によるものではない。

「間に合わなかった……」

信長はぽつりと言った。それは分かっていたことだと、帰蝶は静かに目を閉じた。そして、

「いいえ、殿。帰蝶には、殿のお心遣いが嬉しゅうございました」

と言って、深々と頭を下げた。

父の敗死の報に、帰蝶は一滴の涙も見せなかった。

「これを、親父殿から預かってきた」

かつて道三を蝮としか呼ばなかった信長が、いつしか親父殿と呼ぶようになっている。信長が取り出したのは、書状のようであった。道三が死ぬ間際にしたためたものを、家臣が命を懸けて信長に届けたらしい。

「これは……」

書状を開いた帰蝶は目を大きく見開いていた。

まぎれもない父の筆跡である。それは、国譲り状であった。美濃一国を婿である信長に譲るというのである。

これは、事実上、美濃の主《あるじ》となった義竜を、道三が認めないということであった。信長には美濃へ侵攻する大義名分となる。

「そうですか。父上が殿に美濃を譲ると……」

そう言った時、帰蝶の切れ長の目から、初めて大粒の涙がこぼれた。

「そなたが俺に見せたいと言った金華山の円椎の花、必ず見せてもらおうぞ」

信長はまだ具足も取らぬ姿であったが、膝をついて、帰蝶の肩を抱いた。

「だから、そなたも望みを捨てるな」

「……はい」

「親父殿の仇は、俺が必ず討ってやる」

信長の手に力がこもる。

「殿」

信長の言葉には応じず、帰蝶は澄んだ目を信長に向けて、突然言った。

「鼓が打ちとうなりました」

「なに、鼓だと――」

帰蝶は尾張に嫁いでからも鼓を打つことがあったし、それについては信長も耳にしたことがある。だが、父の死を聞かされた今、鼓を打ちたいと言う妻に、信長は奇異な目を向けた。

「殿も舞われませ。お得意の幸若舞《こうわかまい》を、帰蝶は見とうございます」

帰蝶は歌うように言う。声も明るかった。

「さあ、お早く」

と言いながら、帰蝶は信長の鎧《よろい》と具足を脱がせ始めた。おつやに言いつけて、鼓を持ってこさせる。おつやも割りきれぬふうな顔つきであったが、黙って帰蝶の言いつけに従った。

帰蝶は姿勢を正して、鼓を抱えると、

「私が謡《うた》いましょう。殿のお好きな曲をおっしゃってくださいませ」

ほとんど考えることもなく、信長の口からは一つの曲名が漏れた。

「敦盛《あつもり》——」

「かしこまりました」

帰蝶はうなずいて、息を吸い込む。

目を閉じ、心を澄まして、その時を待つ。

視界が閉ざされると、それまで気づかなかった信長の息遣いや、扇を構えるかすかな気配などが感じられた。

道三と帰蝶のため、砕いてくれた心遣いも優しさも——。

今だ——と思える時をとらえ、帰蝶は最初の一声と共に、鼓を打った。

小気味よい音が響き渡り、続けて速い速度で鼓の音がくり返される。

人間五十年　下天《げてん》のうちをくらぶれば
夢幻《ゆめまぼろし》のごとくなり
ひとたび生を得て滅せぬもののあるべきか

帰蝶の歌声に、いつしか信長の歌声が混じっていた。

二人はくり返し、「敦盛」を歌い続けていた。

四章　放浪の士

一

——俺を恨んでいるのか、きよ！

信長は去って行こうとする女の背に、必死に呼びかけていた。

——確かに、俺は帰蝶を抱いた。お前によく似た女だ。だが、俺はお前を忘れたわけではないし、お前との約束は必ず守る。

だが、女は振り返らない。信長の声に気づきもしない様子で、先ほどまでと変わらぬ速さで遠のいて行く。

——俺は、お前だけを想うと約束したわけではない。帰蝶は生まれも育ちもお前とは違うが、お前のように勝気で純粋で、頭がいい。そういう女が俺は好きだ。

信長は女を追って走り出した。だが、二人の距離は縮まるどころか、逆に広がっていくようであった。

信長は焦って、女の名を狂ったように呼んだ。すると、想いが通じたかのように、女が振り返った。

——帰蝶っ！　いや、きよか。

思い出の中にしか住まぬ女の面影はあいまいで、その女が日頃見慣れた妻なのか、初恋の女なのか、一瞬、信長には判然としなかった。

だが、その女はきよであった。野性味あふれる強さと包み込むような年上の女の優しさ——帰蝶にはないものを、その女は持っている。

女は再び信長に背を向けた。身にまとった青い小袖には、鶴か鷺のような白鳥《しらとり》の絵柄が織り込まれている。青空を飛翔する白鳥は、あたかもきよ自身のようであった。その後ろ姿が遠ざかって行くのを、信長はもう追いかけることができなかった。

——許せ、きよ。まだ海の向こうには行けぬ。帰蝶に、美濃を奪い返してやると誓ったからだ。だが、それを為《な》し終えたら、必ずやお前に逢《あ》いに都へ行く。共に行こう、海の彼方《かなた》へ——。

もはや声も届くまいと思われるほど小さくなった女の影に、信長は誘いかける。

（逢いたい——）

帰蝶を慈しむ気持ちとは別に、信長は無性にきよに逢いたくなることがあった。

その想いが、こうした夢を信長に見させる。

目覚めた後は、母に見捨てられたかのような、ひどく侘《わび》しい気持ちになった。

弘治二（一五五六）年、美濃への進軍から帰って間もなく、信長は尾張で窮地に立たされた。

八月二十四日、弟の末森城主信行が挙兵したのである。両軍は領内を流れる庄内川の近く、稲生《いのう》で戦った。

この合戦は、信長の勝利であった。信長はそのまま軍勢を末森城へ進め、信行軍を包囲した。

だが、この時、信長と信行の母土田御前が両者の仲立ちをし、信長は信行を許した。

（敗れたのが俺であれば、母上は助命を乞いなどしなかったろう）

それも分かっている。母が救いたいのは、そして、尾張の領主にしたいのは、信行一人なのだ。

虚しかった。母も信行も、そうした信長の弱みをよく知っている。

何度、裏切っても、母の仲立ちさえあれば、信長は自分を許すと、信行は高をくくっているのだ。歯軋《はぎし》りするほどに口惜しいが、どうすることもできない。

なぜ、お前だけが母の情けを独り占めする――と、信行を責めることはできないのだ。

そうした鬱屈を抱える時、信長はよく庄内川へ馬を走らせた。

この年、信長は二十三歳――。父信秀の跡を継いでから数えても、すでに五年が過ぎている。もはや、三月から九月まで水練をしていたがむしゃらな少年でもないが、庄内川を見ると、信長はひどく落ち着いた気持ちになれた。

この河岸には、誰にも語ったことのない一つの思い出がある。もう勝手気ままに泳ぐこともなくなった信長にとって、庄内川を見に来る目的は、きよの面影を追うことでもあった。

それは、稲生合戦の騒動が収まった秋のこと。河原まで馬を走らせた信長は、一人の女の姿を見つけた。

(きよっ!)

すぐにその名が浮かんだが、それは場所柄のせいであって、女が別人であることは後ろ姿を見るだけで明らかだった。女はどこか頼りない足取りで、河岸をふらふらと歩いている。きよよりもずっと小柄で、そのまま川の中へでも足を滑らせてしまいそうに見えた。

「ええいっ!」

放っておくこともできず、信長は女の近くまで行くと、馬から降りて女の腕を取った。

「何をふらふらしている。具合でも悪いのか」

女は蒼《あお》い顔をしていた。だが、品のよい顔立ちをしており、上等の小袖を着こなしているところからして、武家の娘のようである。

「夫が……死んだのです」

信長の乱暴な物言いに脅えもせず、まるで挑むように見返しながら、女は答えた。

「子もなかったので、実家に帰されました。でも、私はもう何もしたくないのです」

悪びれたふうもなく続けて言う。

「それで、死ぬというのか」

「別に死のうなどと……」

女はふてくされた様子で言い、信長の手を振り払った。

「何に怒っているのだ。夫を殺した敵か。それとも、夫を戦に駆り立てた領主か」

「誰にも怒ってなどおりませぬ。私が怒っているのは運命に対してです」

「ほう、運命に怒っているのか」

面白いことを言う女だと思った。

きよよりずっと小柄で、痩せ細っており、抱きしめれば折れてしまいそうな風情なのに、女の放つ怒りは激しい。可憐なように見えて、なよなよとした弱さはなく、勝気な女のようであった。

「昔、ここで一人の女に会った」

信長は語るつもりもなかったことを、なぜか、口にしていた。

「お前と同じように、夫をなくした女だった」

「死別したのですか」

「いや、夫を捨てて家出してきたようなことを言っていたな。その夫というのが愚かな奴《やつ》で、跡継ぎを産めない女を責めたんだそうだ。女は怒って飛び出してきたらしい」

「まあ」

「強い女だった。身よりもなく、女の赤子を抱えて、誰も頼らずに生きていこうとしていた。そんな話を聞いても、お前はまだ運命が恨めしいか」

信長が女の顔をのぞき込むようにすると、女はきまり悪そうに目をそらした。だが、その頰にはほんの少しばかり赤みが差している。

それまで病人のように蒼白い顔をしていただけに、ほのかな明るさが女を輝かせた。

「お武家さまは……」

名の分からぬ信長のことを、女はそう呼んで先を続けた。

「ここで会ったというその方を、お慕いしていたのではありませんか」

「ああ、そうだろうな」

信長は言った。

「私は……亡き夫を慕っていたのかどうか、よく分からないのです。ただ、私は昔から体が弱く、嫁ぐのも無理だと言われていました。それが、思いがけず縁談に恵まれ、夫を持つことができたのです。私は、誰かにとって掛け替えのない人になりたかった。ただ、それだけでしたのに……」

女は信長の話に触発されたのか、自分の身の上をぽつぽつと語り出した。

蒼白い炎のような怒りに包まれていた先ほどと違って、謙虚な物言いだった。根は素直な女なのだろうと、信長は感じた。

「お前は、その夫にとって、掛け替えのない者だったのだろう」

信長は女を慰めるように言った。

「それに、これからは、別の男がお前を掛け替えのない女と思うかもしれぬ」

自分がその男に遠からずなるのではないか。その予感はすでにこの時からあった。

「名は何と言う」

「生駒《いこま》家の……吉乃《きつの》と申します」

女は先ほどとは打って変わったような、か細い声で答えた。小さな口に形よく並んだ小さな白い歯が、可憐であった。

二

弘治三年になってもなお、信長と信行の抗争は終わらなかった。

稲生合戦で、信長に手痛い敗北を喫してなお、何の罪も問われず許された信行は、またもや反逆を企てているという。

この時、事の次第を信長に通報したのは、信行に仕える柴田勝家《しばたかついえ》であった。勝家は稲生合戦では率先して、信行のために働いている。場合によっては斬首もあり得る立場だったが、剃髪《ていはつ》して信長に恭順を誓った。土田御前の執り成しもあって、その折は信行ともども罪を免ぜられた。

この件で、勝家は信長に恩義がある。

勝家は信長の器量の大きさを感じ、信行と共に、二度と逆らわないと誓いを立てた。ところが、年が変わればもう、信行はそんなことも忘れたように、信長の蔵入地《くらいりち》である篠木三郷《しのぎさんごう》を横領しようと企てたのであった。

「勘十郎さま（信行）の心根は、もはや変わりますまい」

勝家は反逆の企みをひそかに知らせた後で、信長に言った。

「いくらお許しになろうとも、同じことをくり返されるお人にござる。それは、織田家全体のことを考えれば、損失にござりましょう。大樹を守るためには、腐った根は切り取らねばなりますまい」

柴田勝家は信秀の時代から織田家に仕え、信行が当主にふさわしいと信じ、信行擁立に動いた重臣である。その勝家を変心させたのは、この度、誓いを破って憚らない信行の器量の小ささが露呈したからであった。

信長は尾張統一を成し遂げねばならない。帰蝶に誓った美濃侵攻はそれなくして進めぬ道である。

（起《た》つのは、今をおいてない！）

勝家が叛《そむ》き、信行がそれに気づいていないこの機を逃してはならぬ。

信長は心を決した。


弘治三年冬、「信長、病に臥す」の報が末森城の信行に伝えられた。

それが事実ならば、見舞いに行かねばならない。信行は側近の柴田勝家に事の次第を問うた。

「ぜひ行かれませ。清洲殿（信長）にはまだお子がござりませぬ。ゆえに、家督の譲り状を書いていただくよう、お願いなされませ」

「なるほど、確かにそうだ」

「その上、清洲殿はすでに美濃の斎藤道三より、美濃の譲り状を受け取っておられる。ゆえに、その権利も勘十郎さまのものになりましょうぞ」

勝家は信行をあおるようなことを言った。

その気になった信行は、十一月二日、信長の見舞いに清洲城を訪れた。

灰色の雲が空をどんよりと覆った、雪催《ゆきもよ》いの日であった。

「こちらにございます」

信長の近習が、信行をまず北櫓《きたやぐら》に案内するという。信行の供の者たちは、控えの間で待つようにとの話であったが、信行は異を唱えなかった。

そこからは、信長の近習と信行だけで、北櫓の内部へと進んで行く。

何の装飾もない木組みの櫓を通り過ぎながら、信行はどこか落ち着かない眼差しをさ迷わせていた。近習は無言のまま、信行を天守次の間まで連れて行った。そこにも、病床に横たわっているはずの信長の姿はない。信行の目が不審に翳《かげ》った。

「どういうことだ。兄上はどこにいる」

信行は立ち止まって、声を張り上げた。

すると、それが合図であったかのように、柱の陰に身を潜ませていた侍が一人、飛び出して来て、

「河尻秀隆《かわじりひでたか》見参！　お命頂戴つかまつる、御免っ！」

と言うなり、やおら袈裟《けさ》懸《が》けに斬りつけてきた。

不意を衝かれた信行の手は、腰の刀の柄《つか》にかかってはいたものの、すでに抜くには遅すぎた。

「あ……に……うえ、私を……たばかったな！」

無念の声を残したまま、信行はその場に斃《たお》れた。

享年二十一――信長に背き続けた生涯は、ここに終わった。

報告を受けた信長は、信行の亡骸を末森城へ送りつけよと命じた。だが、そう言ってから、

「いや、その前に俺が検《あらた》めよう」

と、不意に気が変わった様子で言い、立ち上がった。

近習たちにも付いて来るなと命じた。

北櫓へ登る足取りは決して軽くない。これでようやく、尾張国内における騒動から解放されるのだという安堵感《あんどかん》もある一方、これでまた、母土田御前の憎しみを一つ背負ったという重苦しさもある。

（だが、俺は信行を憎んでいたわけじゃない）

むしろ、裏切られる度に、許そうとしてきたのだ。その気持ちを踏みにじったのは、信行の方だ。いや、踏みにじらせたのは土田御前だ。

（情けをかけてくれなくていい。ただ、頼むからもう、俺のことは放っておいてくれ）

母に対して無関心に生きていきたかった。

物心ついて以来、最も古い記憶の中で、母は信行をかわいがっていた。信長が平手政秀と共に、父母のもとへ挨拶に出向いた時のことだ。次期当主として、那古野城を譲ら

れた信長が家臣たちの手で育てられている間も、信行は父母のもとで無心に笑っていた。

幼い頃は、確かにうらやましいとも思い、妬ましいとも感じた。だが、それがまったく無駄なことだと悟ってから、信長は努めて、母にも信行にも無関心であろうとしてきたのだ。そうすれば、憎みも恨みもせずに生きられるはずであった。

それをさせなかったのは、母と信行である。

この度のことは、その報いなのだ。信行は死ねばいい。母はそれゆえに悲しめばいい。そして、今以上に俺を憎みたいのなら、憎め！　それでも、俺はもう心を痛めないでいられる。

(これが、弟か)

ふん――と、信長は鼻を鳴らした。

これが自分を苦しめた存在だとは信じられぬような気がした。そこに転がっているのは、ただの物だ。声も上げず、温《ぬく》もりも持たず、殴っても蹴っても抵抗すらできない、ただの物なのだ。

(人は、命が通わなくなれば、こうしてただの物になるだけだ)

信長はそう思った。

信長自身だけでなく、帰蝶も母も同じようになる。昨年から愛し始めた生駒吉乃も、吉乃の産んだ子供も――。

（人は、こうなる前にどれほどのことができるかで器量が決まる）

信長は信行の亡骸に足をかけた。仰向けに寝かされていた亡骸は、信長に足蹴にされて少し移動した。すでに硬くなっていたが、どうということもなかった。

「こちらにおられたのでございますね」

断りもなく、北櫓へ上がってきたのは帰蝶であった。

信長は咎めない。帰蝶もまた、信長が亡骸を足蹴にしたのを見ていたはずだが、それで信長を咎めるようなことはしなかった。代わりに、

「よう、おやりなさいました」

と、帰蝶は言った。声は震えてもおらず、死体に脅えてもいない。

まるで当然のことをしたとでもいうように、帰蝶は信長を見ている。いや、これくらい成し遂げられないでは、美濃攻略などできるはずもないと思っているのではないか。

道三が討たれて以来、美濃への侵攻はまだその時機でないと後回しにしてきたが、それで帰蝶が信長を責めたことはない。ただ、この時、信長は帰蝶の態度に、美濃攻略の遅きをなじる声を聞き取ったような気がした。

それが、少し癇《かん》に障った。

もちろん帰蝶は掛け替えのない女だ。吉乃よりも愛《いと》しく思うし、今では、きよより大切な女かもしれない。

だが、弟を斬った夫を平然と見つめ、自身の兄を討てと夫に迫るこの女は、一体何者なのか。もしもこの女が男であれば、自ら兵を率いて美濃を攻め取るのだろうが……。

その時、信長ははっとなった。

(帰蝶は、俺に似ている……)

これまで考えたこともなかったことに、信長は初めて気づいた。そして、今は——弟を斬った今だけは、そのことがたまらなく疎ましかった。

「そなたに告げねばならぬことがある」

信長は唐突に言い出した。その目はもう、信行の亡骸を見つめてはおらず、帰蝶の顔だけを凝視していた。

「はい、何でございましょう」

帰蝶は動揺したそぶりもなく、静かな声で訊き返した。

その平然とした顔が動揺のあまり蒼ざめるありさまを見てみたいものだと、この時、信長は冷酷なことを考えていた。

「外に、女を囲っている」

信長は意地悪く言った。

帰蝶の顔がすっと蒼ざめていくのを、信長は小気味よく眺めていた。嗜虐《しぎゃく》めいた快感に、信長はしびれた。

「今年、子が生まれた。男子だった」

実弟の亡骸を間に挟んだまま、信長の声が北櫓に冷たく響いていく。

だが、それを聞いても、帰蝶はその場に凝然と立ち尽くすだけで、何の言葉も返さなかった。

三

信行の一件が片付いてからほぼ一年後の永禄《えいろく》二（一五五九）年二月二日、信長は初めての上洛を果たした。

この時、室町幕府十三代将軍足利義輝《あしかがよしてる》への謁見も済ませている。しかし、都に長居すれば、その空隙を美濃の斎藤（土岐）義竜に襲われる心配もあり、あまり尾張を留守にもできなかった。

（この都のどこかに、お前はいるのか、きよ）

信長は未練を残しつつも、尾張へ帰らねばならなかった。

（必ずや、いま一度、都へ上る！　そして、必ずお前を見つけてみせる）

帰り際につと見上げた都の空は、尾張の空よりも心なしか、淡く優しい色をしていた。

同じ頃、小店の立ち並ぶ京の七条大路では――。

武家の奥方らしい女が、高価な絹から、木綿、それに麻や楮《こうぞ》で作った布まで商う織物屋の前を、うろうろと行ったり来たりしていた。まだ二十代の初めと見える女は、手に風呂敷包みを抱えている。

女はそれからしばらくの間、躊躇っていたが、ようやく思いきった様子で、店の暖簾《のれん》をくぐった。

「いらっしゃいませ」

こぎれいな身なりの女が、明るく声をかけてきた。店で雇われている女のようではない。堂々として貫禄《かんろく》が備わり、店の主人の妻かと見える。

客の女は、店の女の威勢のよさに、一瞬、圧倒されたかのように見えた。

「何をお求めでしょうか」

言葉づかいが都ふうではない。女客はおずおずと顔を上げた。

「こちらでは、古着を引き取っていただけますか」

女客の訛《なま》りは、店の女のものに似ていた。

「ええ、まあ……」

店の女はうなずきかけたものの、

「お客さん、美濃か尾張辺りの人ではありませんか」

と、突然訊いた。

「私は確かに、美濃から出て参りましたが……」

「あたしも美濃の出なんですよ」

嬉しげに、店の女は言った。

「この店の名が美濃屋っていうのもそのためですし、あたしの娘もおみのっていうんです。それにしても、同郷の人なら、便宜を図って差し上げましょう」

店の女――きよは言いながら、女客の様子をじっと見つめた。

佇まいや口の利き方などは武家の奥方のようだが、着ているものは絹ではなく麻で、町家の女たちよりみすぼらしい。どうやら相当、金に困っていると見える。

女の顔には痘痕《あばた》の跡があった。それさえなければ、美人のうちに入るだろう。そのせいか、女は顔を見られるのを避けたそうにしている。きよはほんの少しだけ色をつけて、古着を買い取った。

痘痕の女は金を受け取ると、きよがいたたまれなくなるほど、丁重に幾度となく頭を下げ、礼を言ってから帰って行った。

その後も、痘痕の女は何度か、きよの店に足を運んできた。その度に、古着を少しずつ処分したが、それはすべて女物の小袖ばかりであった。

そのうち、女もきよに、身の上話をするようになっていった。

女の名は熙子《ひろこ》といい、夫は美濃で斎藤家に仕えていたが、今は放浪中だという。夫の名までは口にしないが、その語り口には深い尊敬と慈愛がこもっていた。

「主《あるじ》を持たないご亭主じゃ、稼ぎもないだろうし、奥方さまも大変なんでしょうね」

きよは同情まじりに言った。

「さようなことはありませぬ」

熙子は大真面目に反論した。

「夫は高潔な人です。それゆえに世間と折り合えず、たとえ苦しい暮らしを送ることになろうとも、私は夫に志を貫いてほしいと思います。暮らしが苦しいことなど、何でございましょう」

熙子がこれほど饒舌《じょうぜつ》になるのはめずらしく、きよはあっけに取られた。

「奥方さまから、これほど大切にされるご亭主は、さぞご立派な方なのでしょうねえ」

きよは笑いながらも、しみじみと感慨深そうに言った。

「まあ、私ったら、ついむきになって……」

熙子は顔を赤らめてうつむきながらも、やがて、ぽつぽつと語り出した。

「私は夫と婚約が調った後で、疱瘡《ほうそう》にかかったのです。大人になってからの罹病《りびょう》でしたので、痘痕もこんなに残ってしまって……」

いつも隠そうとしている痘痕について、熙子が語るのは初めてのことであった。

「両親は今さら、婚約も解消できないと言い、私の代わりに妹を嫁がせようとしました。

姉妹なんだから、どちらも同じだろうと――。でも、妻を迎える夫の方には同じようなものであっても、女の身にはたとえようもない苦痛です。夫は、私の両親の企《たくら》みを見抜きました。そして、妹ではなく、私を娶ってくれたのです。その上、生涯、私の他に女は持たぬとも言ってくれました。その時、私は心に決めたのです。何があっても、夫に付いて行こう、私だけは夫の味方でいようと――」

「本当に情け深いお方ですね。そんな男、なかなかいるもんじゃありませんよ」

きよが相槌《あいづち》を打つと、

「私もそう思います。ですから、貧乏など何でもありませんし、仮に夫が一生、浪々の身で終わってもよいと、思っているのです」

熙子は熱心に語り続けた。

だが、きよの表情は熙子ほどには明るくない。

「奥方さまが本気でそうおっしゃるのなら、余計な差し出口かもしれませんが、古着をお売りになっているくらいです。暮らしぶりにお困りなんじゃありませんか」

「それは……」

熙子は恥ずかしそうにうつむいた。が、ややあってから、思いきって顔を上げた。

「実は、古着もこれで最後なのです。それで、こちらでは金貸しもしていると伺ったのですが……」

「ええ、おっしゃる通りですよ」

きよは答えた。絹織物や着物の売買は表向きの仕事で、実は金貸しもしている。利ざやはこちらの方が大きく、商いもうまくいっていた。

「次に、こちらへ伺う時には、お願いするかもしれません。その時は質草が必要なのでしょうか」

「それはまあ、こちらも商いですからねえ」

熙子は小さく溜息を吐いた。そして、それ以上は何も言わなかった。

「ところで、奥方さまのご亭主は、奥方さまが古着を売っていることを、ご存じなんですか。金を借りなきゃ、暮らしが立ち行かないことも——」

熙子はうなだれたまま何も言わない。きよは小さく溜息を漏らした。

「奥方さま」

子供に言い聞かせるような口調で言う。

「いくら誠実でもね。男の値打ちは甲斐性のあるなしですよ。奥方さまも、ご亭主にそれを分からせなけりゃいけません」

なおもうなだれたままの熙子の手に、きよは金庫から取り出してきた銭をのせた。

「これでは、多すぎます」

掌《てのひら》の銭の重さに気づいて、熙子が慌てて言った。

きよは熙子が持ってきた古着の質を確かめてもいない。

「半分はお貸しする分ですよ」

「でも、私には質草に入れるようなものなんて……」

「なら、質草はご亭主の出世ということでいかがですか。ただ、そうするからには、あたしにもそれを確かめさせてもらいたいんですけどね」

「私の夫に、お会いになりたいという意味ですか」

熙子はそう言って、きよの顔をまじまじと見つめた。やがて、熙子の顔には深い悲しみがにじみ出てきた。きよは人目を引くほど美しい。気立ては陽気で、いつも溌剌《はつらつ》としている。

「この銭は……」

熙子は言いかけて、いったん言葉を閉ざした。

「やはり、お借りいたします。もしもお返しできない時は――」

意を決した様子で熙子は言い、肩から背に流れるような黒髪を無造作につかんだ。

「その時は、この私の髪を差し上げます」

「えっ！」

「京では、公家《くげ》の女君《おんなぎみ》たちが髢《かもじ》（付け毛）というものをお付けになるとか。それは、人の髪で作ると聞いております。私は人からも髪を褒められたことがございますから、髢の材料にはなるでしょう」

「いけませんよ、奥方さま。そんなに容易《たやす》く、女が髪を切るなんて……」

驚いたきよが、説得しかけたその言葉を遮って、

「夫のためなら、何でもありませぬ」

煕子は瞳を熱く燃やして、敢然と言いきっていた。

四

きよの店を三十歳前後と思われる侍が訪ねて来たのは、それから五日後のことであった。

「織物を扱う美濃屋という店は、こちらか」

男は暖簾をくぐるなり、丁重な物言いで尋ねた。が、きよの顔を見るなり、ひどく驚いたふうな表情を見せた。そのまま目が離せないといった様子で、きよをじっと見つめ続けている。

「ちょいと、お客さん。うちに買い物に来たんじゃないんですか。あたしは売り物じゃないんですけどね」

きよが咎めるように言うと、

「い、いや、何でもないのだ。申し訳なかった」

と、折り目正しく頭を下げて、男は謝罪した。

中背で少し痩せ気味ではあるものの風格があり、律儀で誠実そうな顔つきをしている。

きよは一目で、あの熙子の夫だろうと見当をつけた。

「お武家さまは、うちにおいでくださる熙子さまのご亭主ではありませんか」

のっけから、きよは訊いた。男はきよの顔をまじまじと見つめつつ、

「その通りだが……」

と、驚いている。

「ちょうどよかった。ご亭主にお話があったんですよ。少し上がってくれませんか」

ちょうど店に他の客がいなかったから、きよは気兼ねなく言った。

「と言っても、店はどうするのか。他に、店番をするような者もいないようだが……」

男はきよの店の心配をしている。

「ちょいと、おみの！」

きよは店の奥に向かって呼びかけた。

「はあい」

十歳くらいの童女が、幼げな返事と共に駆け出してくる。

「母さんはお客さまと大事なお話があるからね。お前、店番をしておくれ」

「うん、分かった」

おみのは二つ返事でうなずいた。

「反物の支払いは受け取る額を間違えないでおくれ。古着を売りに来たお客と、金を借りに来たお客は、また来てもらうように言えばいいからね」

「よいのか。私は格別の用があるわけではなく、ただ、礼を申し述べに……」

男が横から口を挟んで言うのへ、

「いいんですよ。古着売りと金を借りたいお客はまた来るんです。反物買いのお客は、他の店に取られてはいけないから、その場で商わせる。この子でもできますよ」

と、きよは当たり前のように言った。そして、

「さあ、中へ入ってくださいな」

と、男の背を押すようにして、店の奥の座敷へ上がった。

そこにも商い用の反物や、買い取った古着などが雑然と積み上げられていたが、空いている場所を見つけて男を座らせると、きよも男と膝を付け合うような近さに正座した。

すでに、襖《ふすま》は閉めきられており、話し声が外へ漏れる気遣いもない。

「まずは、お客さまのお名前から、聞かせてもらいましょうか」

きよは遠慮のない眼差しを向けたが、男はそれに怒ったような様子も見せず、

「元美濃国主斎藤道三が家臣、明智光秀と申す」

と、生真面目に答えた。

「ご亭主が道三公にお仕えしていたお話は、奥方さまからも聞いております」

きよは光秀を上から下まで見つめながら、ほうっと大きな溜息を吐いた。

「ご亭主は女も作らず、志とやらもおありだという。けれどもねえ、信じてくれる女房一人、まともに食わせてやれないようじゃ、男としてどうかと思いませんか」

「それを言われると、まったく返す言葉もない」

光秀は礼儀正しく両膝に手を置いたまま、深くうなだれて言った。

「見たところ、ご亭主はそこそこの袴に小袖をお召しです。奥方さまが何度か、古着だといって売りさばいたのは皆、女物の小袖でしたよ」

「では、妻は自分の持ち物だけをさばいていたのか」

光秀は初めて知ったというように、目を瞠って言った。

「実は、妻がまとまった金を持っているのを見つけ、私が問いただしたのだ。それで、礼を申し述べに参ったのだが……」

「ご亭主の着物はいざという時のために、売らなかったのでしょう。その気持ちはありがたく受け取ればいいと思いますが、もうあまり奥方さまに金の心配をさせないようにできませんか。さもないと、奥方さまはご亭主のために、もっと大事なものまで差し出しかねないからね」

その言葉に、光秀はさすがに顔を強張らせた。

「それはどういう意味か」

「どうって、別に深い意味はありませんけれど……」

きよは光秀から目をそらし、そっけないふりをした。

光秀はじっと考え込むようにした後で、妻のことは気にかけるようにしようと、低い声で言った。

「実は、お二人が夫婦となる前の事情についても聞きました。他に女を持たぬとおっしゃったご亭主に、奥方さまはずいぶんと感謝しておられました。引け目を感じておられるようにも、見えましたけれど……」

「そう……だったか。痘痕のことなど、もう気にしないでよいというのに……」

光秀は悲しげに言った。

「実は、奥方さまのお話を伺った時、そんな男がこの世にいるものか、きっと体よくあしらわれているのだろうと、思っていました。だから、ご亭主に会ったら、奥方さまの代わりに、あたしが引っぱたいてやろうと思っていたのです。でも、気が変わりました」

光秀は茫然とした顔で、きよの話を聞いていたが、

「それでは、私は引っぱたかれるために、のこのことやって来たというわけか」

と、夢から覚めたような表情で、きよをまじまじと見つめながら尋ねた。

「そういうはずだったんですけれどねえ」

きよは大袈裟に溜息を吐いた。

「気が変わったということは、私はもう、引っぱたかれないのだろうか」

こわごわと、きよの意をうかがうように、光秀は問う。

「奥方さまのお言葉が、どうやら大袈裟ではない、本当らしいと分かったからですよ」

きよは少しぶっきらぼうに言った。

「そなたは心優しい女なのだな」

光秀はほんのりと笑みを浮かべた。

「妻の申していた通りだ」

そして、まぶしいものでも見つめるように、きよの顔をじっと見つめた。

五章　女たちの宿世《すくせ》

一

きよ殿――光秀はいつもかしこまった様子で、そう呼ぶのだった。会ったその日から、当然のようにきよと呼び捨てにした尾張の若者とは、あまりにも違う。

呼ばれる度に、背筋を正さねばならぬような気詰まりな心地がして、

「女商人《おんなあきんど》なんぞ、どうぞお呼び捨てにしてくださいな」

と言ってみたのだが、

「いいや、恩人に対して、さような無礼は働けない」

光秀は生真面目に言うばかりであった。

最初にきよの店を訪ねて以来、光秀は何度か店に立ち寄るようになっていた。客としてではない。

「私に甲斐性があれば、妻に小袖の一つも買ってやれるのだが……」

店に来ては溜息まじりに言うものの、その金は持っていなかった。もちろん、きよに返す金もない。

「まだ金を返せる当てがないのだ。きよ殿にはすまぬと思っている」

来る度に、丁重な詫びを入れるのだが、いつ返せるというような話をするでもなかった。

店に客のいない時は、きよが勧めれば奥の部屋へ入って、自分の夢などを語る。

「我が明智家は、室町将軍家にお仕えする家でござれば、我が身も将軍家の御《おん》ため、お尽くししたいと念じ、京へ出てまいった次第」

はっきりしたことは言わないが、どうやら光秀は将軍家の家臣たちともつながりがあるらしい。そのための活動準備もしているようだが、将軍が家臣に殺されるような時代であれば、光秀の仕事が日の目を見るかどうかは分からなかった。

光秀はただそうやって、話だけをして、きよのもとを去る。これといった用事もないのに、男が独り身の女を訪ねて来る理由が、きよに分からぬわけではなかった。それは、娘のおみのにも察せられたようだ。

「ねえ、母さん。あのお武家さまと一緒になってもいいのよ」

ある日、おみのはませた口調で、きよに言った。

「あたしはまったくかまわないわ」

「何を言っているの、この子は――。あのお武家さまにはれっきとした奥方さまがおられるんだよ。お前だって、お会いしただろう」

「でも、あの奥方さまはご亭主のために、着物を売るくらいのことしかできない人よ。そりゃあ、上品だし家柄もいいのでしょうけど、母さんみたいに商いでお金を稼ぐこともできないし。母さんなら、あのお武家さまを助けられるわ。あのお武家さま、何か大きいことをするおつもりなんでしょう」

おみのは得意げに自分の考えを披露する。このおしゃべりは自分に似たのだろうと思いつつ、商人になるには欠かせぬ資質だとも、きよは思った。

「あのねえ、おみの。あの奥方さまに力がないなんてことはないんだよ。あの方がおそばに付いているから、お武家さまは自分の道を進んで行けるんだからね」

「分からないわ。ただそばにいるだけなんて、何もしてないのと一緒じゃないの」

おみのの言葉に、きよは声を上げて笑い出した。

「そんなことを言ったら、世の中の女は皆、何もしてないことになってしまうよ」

「あたしはそう思うわ。そして、そんなふうにはなりたくない」

「夫や子を守るのだって大事な仕事だよ。それでも、お前は誰にも嫁ぎたくないと言うの？」

「そういうわけじゃない。だけど、あたしは母さんみたいにお店を持ちたいの。母さん、あたしに商いを教えてくれるでしょう？」

　これまで、きよに言われるまま商いを手伝うことはあったが、おみのが自分から商いを学びたいと言うのは初めてのことであった。

（その言葉を待っていたのよ）

　それは、娘に自分の願いを押しつけはするまいと、思ってきたきよの本心であった。

だが、口に出しては、

「女が商人としてやっていくのは、男よりもずっと苦しいよ。その覚悟はあるのかい」

　厳しい口調で、娘に言った。

「母さんを見ていたんだもの。どれだけ苦しいかは知ってるつもりよ」

　おみのは怯《ひる》まなかった。

「分かった。それじゃあ、あたしの知ってることをすべて、お前に教え込んであげる。明日から覚悟しておくんだよ」

　きよの言葉におみのは顔を輝かせ、礼を言った。だが、その後で、軽く肩をすくめると、続けて言った。

「ねえ、母さん。あたしのことはいいからさ。あのお武家さまとのこと、ちゃんと考えてよ。母さん、誰かのこと待ってるって、あたしは知ってるけど……。でも、その人、もう十年以上も母さんのこと、放ったらかしじゃないの」

もう、その人のことは忘れてもいいんじゃないの――最後の言葉は、母の目を見ないで言うと、おみのは奥の部屋へ駆けて行ってしまった。

きよは一人になって、ふうっと溜息を漏らした。

光秀の気持ちは分かりやすかったから、おみのに勘づかれても仕方ないと思う。だが、決して表に出してはいないと、自分では思い込んでいたきよの気持ちも、おみのは読み取ってしまった。

いつも身近にいる娘だからか。あるいは、どれほど幼くとも女だからか。

(あれから、奥方さまとは顔を合わせていない。けれど、奥方さまも何かを勘づかれているのだとしたら……)

熙子の生真面目そうな顔を思い出し、きよは先ほどよりも重い溜息を吐いた。

次に、光秀がきよを訪ねて来たのは、おみのとのやり取りがあった三日後であった。

まさか、母娘のやり取りを知るはずもないのに、光秀は強張った表情を浮かべ、少し話がしたいときよに切り出した。

きよは光秀を奥の部屋へ待たせておき、客足が少なくなった頃を見計らって、おみのに店番を頼んだ。

「お店はあたしに任せておいて」

おみのがませた笑顔を向けてくる。苦笑を浮かべて、きよは奥の部屋へ入った。

店があるのにすまないと、頭を下げる光秀に、

「うちはおみのがいるからいいんですよ。それより、何か困ったことでも起きたのですか」

きよはおおらかに言って、その前に座った。

「実は、妻が出がけにこう申したのだ。きよ殿によろしく、私のことは気にかけないでほしいと――」

「それは……」

「その、きよ殿には申していなかったが、妻は私の胸の内を察していたらしい」

光秀は苦しげに顔をゆがめながら言った。

「人というのはつくづく勝手なものだ。私は昔、他に女は持たぬと、妻に誓った。それは、他の女に想いを寄せぬという意味ではない。私は妻を娶った時、すでに心に想う人がいた」

きよは内心の驚きを表情には出さず、口も挟まなかった。光秀は語り続けた。

「だが、その女人は私には手の届かぬ人。それゆえ、妻への誓いを守ることは容易いはずだった。その女人を想い続けることが、妻への裏切りだと思ったことはない。それは、妻も許してくれるだろう」

「それほど想う人がいて、どうして――」

あたしに想いを寄せるようになったのか――そう訊こうとして、きよは言葉を呑み込んだ。

「まさか、あたしはその人に似て……」

光秀は悲しげにきよを見つめた。打ち消す言葉はその口から漏れなかった。

「初めてきよ殿を拝見した時、驚いた。あまりにも、その人に似ているように思えたからだ。だが、その時はそれだけだった。その後、何度かきよ殿を訪ねた時も、その人の面影を間近に見たかったからだと思う。されど――」

光秀の声に力がこもる。両膝の上にのせた拳をきつく握りしめて、光秀は一気に言った。

「これだけは信じてほしい。今の私の想いは、それだけではないのだ。きよ殿の聡明さ、度胸のよさ、そして、濃やかな優しさに、私は……」

「どうか！」

きよは光秀の言葉を遮って、叫んでいた。

「どうか、その先はもう言わないでくださいな。奥方さまのために言うのではありません。それ以上おっしゃれば、傷つくのはあなたさま。奥方さまに偽りを言ったご自分を、あなたさまは許せなくなるのではありませんか」

「きよ殿……」

「そうやってご自分も傷つき、女を二人とも傷つけながら慈しんでいけるほど、あなたさまはお強くないはずです」

「それは、耳に痛い言葉だな」

自嘲するように、光秀は言った。

「だが……」

「明智さま」

きよは優しく言い聞かせるように言い、首をゆっくりと横に振った。

「とにかく今日はもう、お帰りくださいませ。明智さまのお話は分かりました。あたしがどうするかは、あたしに決めさせてください」

「そうだな。きよ殿は、自分のことは自分で決める女人だ」

光秀は納得したように言い、辞去する前に頭を下げた。

立ち去り際、光秀の頰を寂しげな翳がよぎっていくのを、きよは見ていた。

二

「母さん、大変。お客さまよ」

おみのが店の中へ駆け込んで来たのは、その翌日のことであった。おみのの顔はいつになく強張っている。

「一体どうしたというの。お客さまがいらしただけで、そんなに昂奮して……」

そう言ったきよ自身が、店前《たなさき》に立つ客の姿を見出すなり、頰を強張らせていた。

「これは、奥方さま。お久しゅうございます」

それでも、すぐに気を取り直すと、きよは帳場から立って土間へ下りた。品物の立ち並ぶ棚をすり抜け、店前まで行く。

熙子は店の前から動かなかった。堅い表情で、瞬《まばた》きもせずにきよを見つめている。

「ようこそ、お越しくださいました。今日は何の御用でございますか」

きよは内心に反して、どうしてこれほど落ち着いた態度が取れるのか、自分でも不思議だった。だが、気がつけば、愛想のよい手馴《てな》れた女商人の店主として振る舞っている。

「今日は、お借りした銭の質草を納めに参りました」

熙子は丁重に言った。

以前、二人の女の間にあった親しみは、すでになかった。それは、きよが光秀を知らなかった頃のことだ。

もう自分たちの間に、前のような親しさがよみがえることはないと、きよは察した。

「質草は要らぬと申し上げたはずですが……」

「されど、私の夫にお会いして、きよ殿にもお分かりになったのではありませぬか。あの方は大志を抱いてはおられますが、それを果たせるかどうかは分からないと――」

熙子は遠慮のない口ぶりで言った。

「それは……」

「きよ殿が貸してくださった銭を返せる当てはございませぬ。ゆえに、私は自分に払える質草を持ってまいりました」

「ですが、奥方さまはもう古着はないと――」

その時、きよははっとなって、熙子の肩に目をやった。

髪は後ろで縛っているので気づかなかった。熙子が身を後ろに退《ひ》こうとするよりも早く、きよは熙子の背後に回って、その髪が短くなっていることを知った。

「奥方さま、何ということを――」

熙子は動じなかった。

「髪はここにございます」

静かな声で言い、熙子は箱に納めた風呂敷包みを、きよの方に押し出した。

「私が夫のためにできる最後のことでございます。もう私には差し出せるものはありませぬ。だから、もしも次に夫がここに参ったら……」

「いいえ、奥方さま」

きよは落ち着いた声で言う。すでに熙子の髪を見た時の衝撃からは立ち直っていた。

いや、少なくとも、そう見せねばならなかった。

「明智さまがこちらへ参られることは、もう二度とないでしょう」

熙子は何も言わなかった。

妻に大事な髪を失わせてまで、他の女のもとへ行くほど、光秀は不誠実な男ではない。そのことを、誰よりも分かっているのは熙子のはずであった。

（たおやかなように見えて、しっかりしたお方だ）

きよは熙子を見つめた。

「この髪はいただいておきましょう。これで、奥方さまに貸し付けた銭は返していただきました」

「ありがとうございます、きよ殿」

熙子は短くなった髪を、もう隠そうともせず、丁寧に頭を下げた。

「御恩は決して忘れませぬ」

熙子は相変わらずの堅い声で言い、静かに踵を返して去って行く。きよは黙ってそれを見送った。

だが、ややあってから、何かに引っ張られるように暖簾の外へ飛び出していた。

熙子はすでに七条大路を西へ、十間（約二十メートル）ほども進んだ所にいる。

「ご亭主をどうかお守りください。それから――」

きよは声を張り上げて叫んでいた。熙子の足が止まった。

「あたしは、奥方さまのことも好きでしたよ」

熙子はしばらくそのまま動かなかった。それから、ゆっくりと振り返った。

「私もです、きよ殿」

熙子はその場から、きよに向かって叫び返した。

熙子がそんなに大きな声を出すのを、きよは初めて聞いた。叫び終えた時の熙子は、微笑んでいるように、きよには見えた。

三

永禄三（一五六〇）年五月十九日の夜明け前、信長は覚悟を決めた。

「出撃するぞ」

上洛を志し、尾張を通過しようとした駿河《するが》の大名今川義元《いまがわよしもと》を阻むべく、立ち上がったのである。

信長が疾風のごとく清洲城を発ったのは、寅《とら》の刻（午前四時）。

「今川勢は二万五千の大軍と聞きました。それに引き換え、織田方はわずか二千に過ぎない、と――」

清洲城に残された帰蝶とおつやは緊張した顔を見合わせていた。

地の利は尾張勢にある。が、それを踏まえてもなお、兵数に彼我の差があった。

(父上、母上)

帰蝶は亡き父から譲られた懐剣を握りしめた。

(信長殿は仇を討つと約束してくださいました。その思いを汲み取ってくださるのなら、どうか、殿をお守りください)

清洲城の上空は朝からどんよりと曇っていた。その後も晴れやらぬまま、昼頃から雨が降り始める。

「この雨では、兵たちも動きが取りにくいことでしょう」

案じているうちにも、雨はいっそう激しくなり、風も吹き荒れて、一時は嵐のような様相を呈した。気を揉んでいた帰蝶のもとに、知らせが届いたのは日も暮れてからのことである。

「お味方の大勝利。敵将今川義元の首を討ち取りましてございます」

伝令兵の知らせに、清洲城は沸いた。

「何と。天下を取ると言われていた今川を、殿が……」

信長の軍勢は途中、熱田神宮《あつたじんぐう》へ参拝して戦勝祈願をなし、正午過ぎに桶狭間《おけはざま》に到着した。未《ひつじ》一つ(午後一時)頃に降り出した雨は、未二つ(午後二時)にはやみ、この頃、両軍は激突したという。

不意を衝かれた今川軍は兵を分散させており、義元の本陣を守っていたのは五、六千。信長の精鋭二千騎がこれに攻めかかり、たちまち義元の本陣に迫った。

信長の馬廻衆《うままわりしゅう》である服部一忠《はっとりかずただ》に斬りかかられた義元は、どうにかそれをしのいだものの、続いて討ちかかった毛利新助《もうりしんすけ》に組み敷かれ、首を取られたという。

信長の快挙の報に、帰蝶の心も高揚した。

（父上、私が美濃の土を踏む日も、さほど遠くないやもしれませぬ）

だが、これより先、美濃の情勢は帰蝶の思いもかけぬ方向へ動き出していく。そして、尾張における帰蝶の周辺にも、望まぬ変化の波が押し寄せてくるのだった。

永禄四年、美濃において、帰蝶の兄義竜が急死した。息子の竜興《たつおき》が跡を継いだものの、美濃の地盤は確実に揺らぎ始める。

一方、駿河の大名今川義元を討ったことで、天下に名が知れ渡った信長は着実に尾張平定を進めていた。そして、桶狭間の合戦から三年後の永禄六年、清洲城から小牧《こまき》城へ本拠を移した。

この時、信長は生駒吉乃とその子供たちを城内に迎えた。それは、吉乃の産んだ子が嫡男としての扱いを受けることでもあった。

帰蝶は今や、二十九歳――信長に嫁いで十五年になろうとしていた。

いまだに子に恵まれぬ状況で、側室の子を嫡男とは認めぬと、我を張ることは難しい。

帰蝶は吉乃を引き取ることも、吉乃所生の奇妙丸《きみようまる》を嫡男と見なすことも承諾した。

ただ、奇妙丸を帰蝶の猶子にしてほしいという申し出には、もう少し考えさせてほしいと答えた。

「実は、吉乃は病んでいるのだ。もはや自分の足では動けぬらしい」

信長はさらにそう告げて、帰蝶を驚かせた。

吉乃が最後に子を産んだのは、四年前のことであるが、信長はその頃から、尾張統一のために出陣することが多く、吉乃が病に臥せっていることも知らなかったらしい。

生駒家からそのことを知らされた信長は、ただちに生駒家に輿《こし》を遣わしたという。

帰蝶はそれを聞き、城内の最も日当たりがよく、見晴らしもよい小牧御殿と呼ばれる一画を、吉乃たちのために明け渡した。

そして、吉乃と子供たちが城入りしたその日、帰蝶は自ら輿を寄せる入口まで出迎えに出た。

「何も、そこまでなさらないでも……」

おつやは不平を口にしたが、さりとて、相手が挨拶に来られないのを知りながら無視するわけにもいくまい。

帰蝶は進まぬ気を引き立てて、吉乃を迎えに出向き、その時、初めて吉乃を見た。

輿から降りた後も、侍女の肩を借りて歩く吉乃は、帰蝶に対して申し訳ないと何度も言った。が、楚々《そそ》とした態度に似合わず、眼差しはきつい。病ゆえに頬は蒼ざめているのに、はかなげな感じはない。陰火を見るような恐ろしさがあり、日陰に咲く花のような印象の女であった。

（私とは違う……）

若くして信長の妻となり、健康にも恵まれた自分が子を産めず、いかにも弱々しそうな吉乃が三人もの子に恵まれるのは皮肉なように思われた。

「これからは、この城で養生に励んでください」

帰蝶は表面だけは取り繕って言い、吉乃もそれをありがたいと申し述べたものの、吉乃の傍らで帰蝶を見つめる少女は違っていた。

少女は吉乃の所生になる信長の長女で、名を徳《とく》といった。徳姫はまるで仇でも見るような目で、帰蝶を睨みつけてくる。

「どうしたのです。御台《みだい》さまにご挨拶をなさい」

と、吉乃から促されても、両足を踏ん張ったまま、何も言わない。

（この子は、母君の病を放っておいた父親に怒り、その正室である私を憎んでいる）

かわいいとは少しも思わなかったが、この少女なりの怒りは理解できた。

「今日は、城入りで緊張しているのでしょう。とにかく、早くお部屋へお入りなさい」

作り笑いを浮かべて、徳姫を許し、帰蝶は吉乃たちを見送った。

自室に帰って来ると、どっと疲れを覚えた。そんな帰蝶に気を遣ったのか、

「姫さま、あの吉乃とかいう女には、さほどお心を砕かれなくて大丈夫でございますよ」

慰めるように、おつやが言う。

「あの女は病身でございますし、すでに三十も半ばを過ぎているとか。殿の夜伽《よとぎ》を務めることはもうできますまい。あの女は奇妙丸君を、三十路《みそじ》でお産みなされたとか。姫さまはまだ二十九なのですから、ご自分のお子をお持ちになることをあきらめてはなりませぬ」

しゃべるにつれ、おつやは次第に激していくが、帰蝶は同じように熱くなることができなかった。

「でもね、おつや」

帰蝶はおつやの言葉が終わるのを待ってから、静かな声で切り出した。

「私はこの先、我が子に恵まれることがあっても、吉乃殿のことを知る前ほど、嬉しくはないと思うのです」

「姫さま……」

「私は今になって、深芳野さまのお気持ちが分かるような気がする。昔は、父上をひそ

かにお恨みしているふうの深芳野さまを、心のどこかで嫌っていたのだけれど……」

女一人の心と人生を弄ぶのは、男の罪ではないのだろうか。

美濃に起こった道三と義竜の紛争は、土岐頼芸から道三に下げ渡された深芳野の悲しみから、端を発していたようにも思われる。その深芳野の孫となる竜興を、信長に討ってもらうことが、果たして正義に当たるのかどうか、帰蝶には分からなくなり始めていた。


永禄四年と永禄六年の二回、信長は美濃に侵攻した。

この時、信長の配下になっていた木下藤吉郎《きのしたとうきちろう》（秀吉《ひでよし》）が、長良川西岸の墨俣《すのまた》に一夜で城を築くなど、目立った活躍もあったのだが、結局、信長勢は二度とも撤退を余儀なくされた。

後に豊臣《とよとみ》秀吉の軍師として名を馳《は》せる、竹中半兵衛《たけなかはんべえ》（重治《しげはる》）の戦術に敗れたのである。

そこで、永禄七年、信長は方針を変えて、近江の浅井《あざい》長政《ながまさ》と同盟を結び、妹お市を嫁がせた。これによって、美濃を牽制したのである。

だが、この時、帰蝶の心はすでに冷めかけていた。

父の仇とも言うべき義竜はもう故人となっている。その子竜興に罪はない。

だから、できるならば、道三の生前のように、尾張と美濃で同盟を結んでほしいとさえ願っている。

しかし、今の信長にはもう、そんな帰蝶の願いは無意味なものであった。道三の遺した国譲り状を大義名分として、美濃を併呑《へいどん》することしか念頭にない。

(私はもう、侵略者の妻としてしか、あの稲葉山城に登れないのか)

そう思うと、帰蝶は悲しかった。

浅井氏との同盟の成った同じ年、美濃では竹中半兵衛が舅《しゆうと》の安藤守就《あんどうもりなり》らと共に、一日で斎藤竜興から稲葉山城を奪取した。竜興が酒色にふけり、領主としての役目を果たさないことへの反省を促すためであったらしい。

信長はこの機に、竹中半兵衛に対して稲葉山城を差し出すよう要求したが、断られてしまった。半兵衛は稲葉山城を竜興に返還すると、その後は美濃を出た。

それを知った信長は、美濃の重臣たちに寝返りを働きかける。

重臣たちが竜興の統治に不満を抱いていることは、半兵衛の稲葉山城奪取からも明らかだった。半兵衛の舅でもある安藤守就に、稲葉良通《いなばよしみち》、氏家直元《うじいえなおもと》を加えた西美濃三人衆を寝返らせれば、次の侵攻では間違いなく美濃を奪《と》れる。

信長は先の二度の失敗を踏まえて、今度は慎重になっていた。

そうする間にも、病に臥せっていた吉乃の病状は悪化していった。

そして、永禄九年五月十三日、ついに小牧城にて死去――。享年三十九であった。

長男の奇妙丸でさえ、まだ十歳、次男の茶筅丸《ちゃせんまる》が九歳、末の徳姫が八歳と続いている。いずれもまだ、母が恋しい年頃であった。

帰蝶の心は複雑であった。

幸の薄かった吉乃を悼む気持ちはある。三人の遺された子を哀れむ気持ちもあった。だが、奇妙丸を猶子にしてほしいという信長の願いに行き当たると、どうしても躊躇してしまう。

信長が自分の都合しか、考えていないような気がするのだ。

帰蝶に険しい目を向けてきた徳姫の気持ちに、どれほど配慮しているというのだろう。奇妙丸や茶筅丸の、帰蝶を見つめる目に険しさがなく、むしろ進んで母上などと呼んでくるところをみれば、徳姫の心理は女特有のものなのだろうか。

そのように細やかな配慮を、信長に期待するのは無理というものなのか。

（かわいそうに……。この子もいつか、私や吉乃殿の悲しみを知る）

吉乃の葬儀の席でも、涙一つ見せることのなかった徳姫を見つめながら、帰蝶は思う。そして、徳姫を見る自分の眼差しが、かつて自分を見つめていた深芳野の眼差しと同じであることに、愕然とするのだった。

翌永禄十年、徳姫の縁談がまとまった。相手は、同盟を結んだ三河の松平元康《まつだいらもとやす》（徳川家康《とくがわいえやす》）の嫡男竹千代《たけちよ》（信康《のぶやす》）であるという。しかし、竹千代はまだ元服も果たしておらず、夫婦はいずれも九歳という幼さである。

それでも、信長は徳姫を三河へ送り出した。

「行ってまいります、御台さま」

徳姫は出立前、帰蝶のもとへも挨拶に訪れた。

ただ人に言われて来たというだけで、別れを告げるその表情に寂しさは微塵も見られない。その肩はあまりに細く、まだ幼い少女のものであった。母を亡くしたばかりの娘に、どうして頼る者のいない他国へ行けなどと哀れなことを、信長は強いるのか。

帰蝶は不思議と、奇妙丸や茶筅丸より、この徳姫を身近に感じる。いまだに帰蝶を母と呼ばず、頑《かたく》なな態度を取り続ける少女を、疎ましく思うことはなかった。それは徳姫の奥に、吉乃の鬱屈を——いや、もしかしたら自分も含めた女の悲しみを見ているせいかもしれない。

「三河では、体に気をつけるのですよ」

帰蝶は心を込めて言った。

「はい」

徳姫は強張った声で答えるだけで、胸に沁《し》みた様子はない。

「私は、そなたを産んだ母ではないけれど、そなたと同じように他国に嫁いだ女として、一つだけ伝えたいと思うことがあります」

徳姫は顔を上げた。何を言われるか想像もつかないという顔つきで、帰蝶の言葉を待つふうである。帰蝶は語り出した。

「嫁ぎ先で、つらいと思うことは必ずあります。その時は、同じつらさを、この私や吉乃殿も味わっていたのだと思ってください。それは女であるがゆえの悲しさ、そなたの夫となる竹千代殿は分かってくださいますまい」

徳姫は、よく呑み込めないという表情であった。

「こんなことを言う私を、不審に思うかもしれませぬが、夫となる人には、すべてを求めない方がよいでしょう。自分が求めるものの半分でも与えてくれれば、それで満足することです」

その言葉も、徳姫にどれほど伝わっただろうか。

まだ恋も知らず、妻たるものの役目も知らぬ、この少女の心に――。

五月、徳姫は三河へ嫁ぎ、岡崎城で暮らし始めた。

「婿君のお母上は、かの今川義元公の姪御《めいご》だというではありませんか。徳姫さまがいじめられないといいのですけれど……」

帰蝶の不安を代弁するように、おつやが言う。

義元を討った信長の娘である徳姫を、竹千代の母築山殿《つきやまどの》が快く思うはずはあるまい。それでも、それが戦国の世の習いというものであろう。今川義元の仲立ちで、築山殿と夫婦になった松平元康とて、その死後は敵であった信長と同盟を結んでいる。

信長は今、妻である帰蝶の甥《おい》斎藤竜興を討つために、美濃の稲葉山城を攻略しようとしている。

竜興の父義竜は、帰蝶の父道三を討ち滅ぼした。その時、自分は夫に兄を討ってほしいと願ったのだ。

これが戦国の世なのである。

だが、そのことに虚しさを感じるようになってしまったのは、どうしてだろう。

齢を重ねたせいだろうか。それとも、己の血を引く我が子が世にないせいだろうか。だから、織田家のことにも、斎藤家のことにも、無関心になってしまうのだろうか。

(考えてみれば、父母も亡くなり、弟たちも殺され、我が子もいない私は、殿がいなければ、天涯孤独の身の上なのだ……)

信長との縁さえ切れてしまえば、自分を縛るものは何もないし、どうなろうと心配する者もいないだろう。

(何ものにも縛られずに生きる……)

ふと、それはどんなことだろうと、思う気持ちが湧いた。

空を行く鳥のように、好きな所へ飛んで行けるということだろうか。だが、信長のもとを離れて、自分は好きな生き方をすることができるのだろうか。

朝起きてから寝るまでの一日、侍女たちの手を借りないでは――いや、おつやが一人いないだけでも、不便を感じてしまう自分だというのに……。

(思えば、嫁ぐとは軛《くびき》につながれることだったのかもしれない)

自分が嫁ぐ時には浮かびもしなかった考えに、嫁いでいく徳姫を見て、帰蝶はとらわれ始めていた。

徳姫が嫁いだのと同じ五月、西美濃三人衆を寝返らせることに成功した信長は、いよいよ美濃に侵攻した。稲葉山城が信長勢に取り囲まれ、激しい攻防がくり広げられていた頃、帰蝶の心は仇討ちや合戦とはほど遠いところにあった。

四

信長の美濃攻略はついに日の目を見た。斎藤竜興は美濃を追放され、信長は稲葉山城を手に入れたのである。

八月十五日、信長は帰蝶を伴って、稲葉山城に入った。

時はちょうど中秋である。その夜、帰蝶に案内させて、信長は櫓に登った。

空はよく晴れ、満月が夜空に煌々《こうこう》と輝いている。少し冷たい風が肌に心地よいくらいであった。

「何百年も前、藤原道長《ふじわらのみちなが》公は天下を思い通りに動かし、『望月《もちづき》の欠けたることもなしと思へば』と詠んだそうだな。知っているか」

信長はそれまでの酒宴で酒も入っているせいか、上機嫌であった。

「はい、『この世をば我が世とぞ思ふ』でございましょう。殿も今、美濃を手に入れて、さようなお気持ちでございますか」

帰蝶はそう訊き返した。

信長はそうでないとは言わなかった。

「そなたは、この金華山の円椎がよいと言ったが、中秋の月もよいものだ。円椎はまたの夏に取っておこう」

帰蝶は黙っていた。いつもより口数の少ない帰蝶と違い、信長は饒舌だった。

「ついては、俺がこの城へ入るのを機に、この山に格別な名をつけようと思っている」

「格別な名……」

ぼんやりと応じながら、自分は信長にとって格別な女にはなれなかったのだろうと、帰蝶は思っていた。

――私は誰かの代わりではない、自分だけの、自分にしかできない生き方がしたいのです。

そう言ったのは、嫁ぐ前の自分であった。それは、この稲葉山城においてであった。

長い歳月を経て、再びこの場所に戻ってきた今、自分はそんな生き方を見つけたと言えるのか。

今はここにいない光秀に、堂々と胸を張って会うことができるのか。

光秀が今、どんな暮らしを送っているのか、帰蝶はまったく知らない。主君を失い、禄もない生活は決して楽ではないだろう。名門の血筋だけでは、渡っていけない世の中なのだ。

それでも、光秀が心まで落ちぶれているとは思えなかった。仮に、暮らしそのものが落ちぶれたとしても、きっと光秀は清い生き方を貫いている。

夫の心は信じられなかったが、正室以外の妻は持たぬと言った光秀の言葉を、帰蝶は信じることができた。

女の心は不思議なものだと思う。裏切られたことを恨みつつも、愛しく思う男は信長なのに、信じられる男は光秀なのだ。そんな帰蝶の内心には気づきもせずに、

「岐山《きざん》という名を知っていよう」

と、信長はいささか得意げに言った。

「周の岐山でございますか」

唐土《もろこし》の周王朝は長く天下を治めたとされているが、文王は岐山から起《た》って、周王朝を築いたと言われている。

「さよう。この金華山を岐山と呼ばせるのだ。そして、稲葉山の城下町も、井口《いのくち》から改

める。岐山の『岐』と、孔子の故郷である曲阜《きよくふ》の『阜』から『岐阜』と名付けよう」

信長の声には昂《たか》ぶりがあった。少し甲高くなっているのは、よほど昂奮しているからであろう。

岐阜という命名には、信長の天下取りへの野望が現れていた。そして、帰蝶ははっきりと気づく。信長にとって、美濃攻略は初めこそ、道三の仇討ちであったかもしれないが、それはいつしか、信長の野望の実現へとすり替わっていたということを——。

「殿にお願いがございます」

帰蝶は信長の話を封じて、突然言った。

「何だ」

信長がやや鼻白んだ声で、訊き返した。

「私を、この稲葉山城より出してくださいませ」

「何だと」

信長の声が癇癪を起こす直前のように鋭くなる。

「離縁してくださいと、お願いするのではありませぬ。ただ、私は殿のおそばから離れて、自分だけの生き方を探してみたいのでございます」

「自分だけの生き方だと?」

「はい」

訝しげな信長の問いかけに、帰蝶はきっぱりとうなずいた。

「今は、そうではないというのか」

信長の声からは、それまでの勢いが殺がれていた。帰蝶の心が自分から離れていることに、ようやく気づいたのだった。

「そなたは、俺の所行を怒っているのかもしれぬが、俺にとって、そなたは掛け替えのない女だ。それでは、いけないのか」

「殿にはお分かりにはならぬかもしれませぬ。されど、私は殿方によって決められたり、与えられたりした生き方では満たされないのです」

「そう申すのは、子がないからか」

「いいえ」

帰蝶は静かな声で答えた。

「昔、この城で父の側室だった女人に言われました。女は誰しも、男にとって物に過ぎないのだと――。私は違うと思いたかった。殿も違うとおっしゃるでしょう。ですが」

誰かの妻として、あるいは誰かの母としてしか扱われないのは、私にとっては物であるのと同じことなのです――帰蝶は胸の中で叫ぶように言った。だが、口に出しては淡々と続けた。

「私は殿の御台所ではなく、帰蝶というただの女として生きてみたいのです。ただ一度だけでも——」

「俺は……前々から、奇妙丸をそなたが猶子として育ててくれれば——と願っていたが、それはそなたの望みとはかけ離れていたということだな」

信長は未練のように、力ない声で呟いた。

「そういう日がいつか来るかもしれませぬ。されど、今ではありません。今のままの私では、奇妙丸殿が尊敬してくれるような母にはなれませぬゆえ」

信長は帰蝶からも月からも、顔を背けた。暗くなったその横顔が、かつて見たことがないほど寂しげに見える。その時、帰蝶は自分が思っていた以上に、信長に対して酷なことをしているのではないかと気づいた。

今ならば、まだ引き返せるのかもしれない。

（やはり、私はずっと殿のおそばに——）

帰蝶は我知らず、信長の方へ手を差し伸べようとしていた。が、その時、夜気を切り裂くような澄んだ鼓の音色を聴いた気がした。

——私は誰かの代わりではない、私だけの、私にしかできない生き方がしたいのです。

あれは、昔、この稲葉山城で打った鼓の音だ。光秀の笛に合わせて打った鼓の音だ。

あの時、自分はここで志を立てたのではなかったか。

帰蝶の持ち上げかけた手はいつの間にか、だらりと下に垂れてしまった。

「そなたはもう、俺のために鼓を打ってはくれぬのか」

ややあってから、呟くように、信長が言った。

「いいえ」

帰蝶はできるだけ明るい声で、にっこりと微笑むようにして言った。

「いずれそういう日の来ることを、私も待ち望んでおります」

信長の背後に見える丸い月が、急に二重になって見える。その明るさとまぶしさが耐えがたくなって、帰蝶も月から目をそらした。

「昔、鳥のように羽ばたいていく女を知っていた」

信長の眼差しはいつしか夜空へと戻っていた。

「女……」

帰蝶の声は強張ったが、信長は言い訳めいたことは何一つ口にしなかった。

「鳥は羽ばたいて行くものだ。だが、蝶は遠くへ飛んで行かぬと、どうして思い込んでいたのだろう。蝶にも翅《はね》はあるものを――」

自嘲するように信長は言う。

「せめて、居所は常に教えてほしい。そなたが嫌だというのならば、俺から訪ねて行くことはせぬゆえ」

信長は帰蝶に目を戻すと、哀願するように言った。月光の照らし出す影が二つ、櫓の

床に長く這《は》っている。それをじっと見つめながら、

「殿がいらっしゃる時には、鼓を用意してお待ちしておりましょう」

と、帰蝶は言い、信長に気づかれぬよう、そっと涙を袖でぬぐった。

六章　首途《かどで》

一

稲葉山城を出て行くという帰蝶の決意を、おつやは直前まで知らされていなかった。

そのため、帰蝶からすべて決まったこととして告げられた時のおつやは、

「私に、たった一言のご相談もないなんて、あんまりにございます！」

と、たちまち血相を変えた。そして、

「どうかお考え直しくださいませ。やっと懐かしい稲葉山城で暮らせることになったという矢先ではございませんか」

帰蝶に翻意を促そうと、必死に懇願した。それでも、帰蝶の決心が変わらないと知るや、おつやはついにあきらめた様子で、自分も共に付いて行くと言った。

「されど、その前に墓参りをすることを、お許しくださいませ」

帰蝶に異存はない。

もとより、おつやは帰蝶の母小見の方に、輿入れ前から仕えていた明智家の侍女である。その身には明智の血が流れており、もとをたどれば、小見の方や帰蝶とも遠い血縁に当たっていた。

だから、おつやの参る墓が、崇福寺にあると聞かされても、帰蝶は別段、不思議に思わなかった。

崇福寺は鎌倉時代に建立され廃れていたのを、斎藤妙純《みょうじゅん》が再建したものである。道三はこの美濃の守護代斎藤氏の養子となって、斎藤を名乗ったという経緯があった。

そこで、永禄十（一五六七）年の冬、帰蝶とおつやは稲葉山城を後にすると、まず崇福寺を目指した。

信長の命を受けたらしい警護の侍が二人、見え隠れに付いて来る。彼らは帰蝶の様子を報告する役目も帯びているに違いないが、信長からすればそれは当然の用心であった。斎藤道三の娘であり、土岐氏に連なる明智氏の血を引く帰蝶は、万一にも他国の手に落ちてはならぬ駒だからだ。帰蝶もそれは分かっていたから、彼らについては知らぬ振りをした。

帰蝶とおつやは旅装束に身を固め、金華山を下りると、まず城下町にある崇福寺へ向かった。かつての領主斎藤氏所縁《ゆかり》の寺というだけあって、境内も広い。

和尚に会うため、本堂へ向かったおつやを見送り、帰蝶は庫裏《くり》の近くで待つことにした。

「おや、どなたさんかね」

庫裏から出てきた僧侶が帰蝶を見つけ、話しかけてきたのは、それから間もなくのことであった。竹箒《たけぼうき》を手にした五十がらみの老僧である。

「ここで、人を待たせていただいているのですが……」

帰蝶は名乗らずに、そう言うに止《とど》めた。すると、老僧は帰蝶を見つめる目をすうっと細めるや、

「おや、お前さんはきよじゃないかね！」

跳び上がるようにして叫んだ。その表情には、懐かしそうな喜びの色が浮かんでいた。

「何とまあ、立派になって……。いやいや、たくさんのお布施をしてくれたから、立派になったことは知ってたんだけれどもさ。お布施を送ってくるだけじゃなくて、きよ自身が顔を見せてほしいと、皆で言っていたんだよ。お前さんが寺を飛び出した時は、そりゃあ心配したんだ。あれからもう、二十年以上になるんだねえ」

老僧は、帰蝶のことをきよという女と勘違いしているらしく、一人でしゃべり続けている。それがようやく途切れた隙を縫って、

「あの、私の名は、きよではありませぬ。どなたかとお間違えのようですが……」

帰蝶はようやく告げた。

「何ですと！　きよではない？」

驚いた老僧は、再びじっと帰蝶を見つめてから、

「確かに、昔のきよはあなたさまみたいに、礼儀正しい口は利きませんでしたなあ」

と、自分を無理に納得させるように言う。

「この寺にいた頃は、町や村の乱暴者どもと付き合っていましてのう。町娘としても、あまり上等でない類の口を利いておりました。あれは何度注意しても、直りませんでしたなあ」

と、懐かしげに老僧は語った。

「きよというお方は、昔、このお寺におられたのですか」

「十歳を少し超えた頃までは、ここにいたんですがのう。出家得度を嫌《きろ》うて、脱け出してしまいました」

老僧は苦々しさと物寂しさの入り混じったような物言いで言った。

では、そのきよとやらも今では三十代になっているのだろう。年の頃も自分とあまり変わらないようだ。にしても、人に間違われるほど似ているというのが、ここが美濃ということもあり、少し気にかかった。

（おつやなら、何か知っているかもしれない）

と、帰蝶が思ったその時、おつやが本堂から出て来た。すると、老僧はいきなり、

「ああ、きよのことならば、このおつや殿の方がくわしいはずでございます。何せ、赤子のきよをこの寺へ連れて来たのは、おつや殿でしたからのう」

と、大きな声で言った。それを聞くなり、おつやの顔がみるみる蒼ざめていくのを、帰蝶は見た。

「今、こちらの御坊さまより、きよという方と間違えられたのです」

帰蝶はおつやの顔色の悪さを訝りながらも、それには触れずに言った。

「ああ、そうでございましたか」

おつやは動揺を完全には隠しきれない様子であったが、それでも何げないふうにうなずいた。

「おつやは、そのきよという女人と、どういう関わりなのですか」

「きよは私の遠縁に当たる者でございます。つまりは、明智家の血を引く者でございますので、おそれながら、姫さまとも多少の血のつながりはあるのでございます」

「そうでしたか。ならば、私と似ていても不思議はないのかもしれませんね」

釈然としないものは残ったが、帰蝶はうなずいた。

「おつやは、そのきよ殿とやらの消息を聞きたくて、ここへ参ったのではありませんか」

墓参りはこじつけで、真の目的はこちらだったのではないか。

帰蝶にそこまでかぎつけられて、おつやも観念したのか、しぶしぶうなずいた。

「はい。家の者はきよを尼にするつもりだったのですが、遠い昔に逃げ出して、消息が分からなくなっていたのです。ところが、どうやら最近になって、寺にお布施などをしていたようで……」

と、おつやの言うことも、老僧の言葉と一致していた。

「おや、あのきよはおつや殿の親類だったのですか。何やら、わけありのように見えましたが……」

老僧が口を挟んで言う。

「ええ。確かに、わけありだったのです。当時はいろいろとね」

おつやはまるで怒ったように、強い語調で言い返した。さすがに、老僧もしゃべりすぎたと思ったのか、

「それでは、これにて。そちらの奥方さまにも、失礼をいたしました」

と言って、そそくさと去って行った。

「おつやは、きよ殿とやらを捜しに行きたいのでしょう。その方はどこにいるのですか」

「それが……都で、商いをしているというのです」

言いにくそうに、おつやは言った。

「都で、商いを！　その方は女人なのですよね」

「さようですが、都には女でも商いをする者がいるそうです。きよさま……いえ、きよも商いをして成功したらしゅうございますね。相当なお布施をよこしたそうでございますから」

おつやも信じられないという顔をしている。帰蝶はふと思いついて提案した。

「それなら、私たちもこれから、都へ行ってみましょうか」

「都へ、でございますか」

「私はもう勝手に何でもできるのです。どこへ行くのも、何をするのも、誰かの許しをもらう必要などないのですから」

「はあ……。ですが、姫さまは都へ行きたかったわけではございませんよね」

おつやの返事は歯切れが悪い。まるで、きよという女と自分を引き合わせたくないかのようだ。だが、そうであればあるほど、自分に似ているというその女を見てみたくなる。

「亡き父上は昔、都で商人をしていたと聞いております。だから、私も、昔から都へ行ってみたいと思ってはいました。ひとまず、都へ足を伸ばしてから、次に本当に落ち着くべき場所を探してもよいでしょう。とりあえず、そなたの尋ね人がそこにいることは確かなのですし」

「確かに、そうではございますが……」

なおも、おつやは都に行く決心をつけかねている。

「それとも、何か、私がきよという女人と会ってはならぬ理由でもあるのですか」

帰蝶が鎌をかけて尋ねてみると、

「さようなこと、あるはずがございません！」

と、荒っぽい返事が返ってきた。

「姫さまは、きよに間違われたというお話でしたが、私はあの子が赤子の頃しか見ていないのですからね。顔立ちなど、まるで知らないのですよ」

むきになった様子で、おつやは言う。

「それじゃあ、本当かどうか、きよ殿とやらに会いに行きましょう。会えない理由などないのでしょう？」

帰蝶が押し被《おかぶ》せるように言い、おつやはついに押し切られた。

こうして、帰蝶とおつやはひとまず美濃を出ると、東海道を南西に向かって京を目指したのである。

二

その日、きよは七条の店に、一人で店番をしていた。

おみのは使いに出ている。

熙子が髪を売りに来て以来、光秀がきよを訪ねて来ることはなかった。それから、すでに八年が過ぎている。その間、おみのが光秀について口に出すこともまったくなかった。

母の傷に触れまいとする娘の気遣いを、ありがたく思う一方で、少しわずらわしく思う気持ちもないではなかった。

(あたしに似て、気が利きすぎるっていうのも、困ったもんだ)

そんなことを思いながら、帳場でぼんやりとしていた時であった。

暖簾の先に人の気配を感じて、きよが立ち上がるより早く、

「俺だ」

暖簾をくぐって、ずいと入り込んで来たのは――。

「きよ、長く待たせたな。俺を覚えているか」

男は、生地も仕立ても上等だがかなり奇抜な紅と黒の小袖を着ていた。この姿で都大路を闊歩していたら、相当人目を引いたことだろう。

きよの顔に、一瞬驚きが浮かび、続けてあふれんばかりの喜悦が浮かび上がった。

男――信長は、きよの表情の変化を、楽しげに見つめていた。

「あんた、三郎だねっ！　忘れるもんかい。待っていたんだよ、あんた」

きよは草履も履かずに裸足《はだし》のまま、信長に向かって駆け寄って来る。

(やはり、似ているか)

ほぼ二十年ぶりに改めて見れば、やはり帰蝶ときよはよく似ていると思えた。

だが、帰蝶ならば、決してこんなふうに飛び出しては来ないだろうと、信長は思い、そう思った時にはもう、きよの腰に力強く腕を回していた。

きよは潤んだ目を上げて信長を見つめ、信長は荒々しく女の唇を吸った。しばらくして唇を離すと、喘《あえ》ぎとも放心ともつかぬような息が、きよの唇から漏れた。

「中へ上がってちょうだいよ。この続きをするつもりでしょ」

きよは、早くも誘うような口調で言う。

「他に、人はいないのか」

信長は苦笑して問うた。

「娘は今、使いに出てるの。しばらく戻って来ないからさ」

「そうか。なら、店くらい閉めたらどうだ」

信長はにやりと笑って言った。

あれから十八年、当時十代だった二人ももう、三十代半ばの分別盛りだ。

だが、この女に対しては、若い頃と同じ欲望が自然と湧いてくるのが、信長には不思議であった。

座敷へ上がった二人にはもう、言葉は必要なかった。

これまでに体を重ねたのは、ただの一度きりである。それも遠い昔のことだ。

もはや二人とも若くはないというのに、その抱擁は若かった頃のそれより激しく、そして、二十年近い時の隔たりなど、少しも感じられぬくらい自然であった。

きよはむさぼるように信長を求め、昔はただそれに応じるしかできなかった信長も、今は荒々しくきよを求めた。二人は互いのすべてを奪い合い、むさぼり尽くそうとするかのように濃密な時を過ごした。

そして、事果てた後、きよはぽつりと言った。

「来てくれるって、信じてた」

「当たり前だ」

信長はどこかぶっきらぼうな調子で言い、どさりと仰向けになって寝た。

「ねえ、覚えてる？　一緒に海の向こうの国へ行こうって言ったこと」

「ああ、覚えている」

「今もそうしたいと思う？　あたしと一緒に行きたいと、本気で思ってる？」

「俺は、一度口にしたことを翻しはせぬ」

「だったら！」

きよは着物を無造作に羽織った体を起こして、信長の上に覆いかぶさった。

「なら、あたしが今すぐに連れて行ってと言ったなら、あんたは一緒に船出してくれるのかい」

信長は一瞬沈黙した。だが、その表情に、動揺はまったく見受けられない。

「軽口だよ。言ってみただけさ」

ややあって、きよは信長より先に口を開いた。そして、身を横へ動かすと、信長から目をそらした。

「実はね。あんたを待ってる間に、一人の男を好きになった」

きよは悪びれぬ口調で、淡々と言った。

「娘は生意気にもあたしの気持ちに気づいてたみたいでね。もう十年以上もあたしを訪ねて来ない男のことなんか忘れて、その男と一緒になったらいいって言った。でも、その男には心から大事にしている奥方がいた……」

信長は何も言わない。

きよは信長に目を戻した。

「それで、あたしがどうしたのかって、訊かないの」

「訊かないでも分かる」

きよはうっすらと笑った。

「そうだね。あたしはこうしてあんたを待っていたんだからさ。その男はね、あたしを憎からず思ってたんだよ。その男がちゃんとあたしにそう言ったんだから」

「お前を気に入らぬ男など、屑《くず》も同じだ」

乱暴な信長の物言いに、きよは先ほどよりも明るく微笑んだ。

「嬉しいことを言ってくれるのね。でもね、その男は奥方を採った」

「なら、屑以下の男だ」

「まるで、あんたは屑以下じゃないみたいな言い方だね」

きよが言い終える前に、信長は突然、起き直ると、きよの手を取っていた。

「行こう」

「えっ、どこへ？」

「港だ。ここからなら、摂津《せっつ》の兵庫津《ひょうごのつ》が近いだろう」

兵庫津はかつて大輪田泊《おおわだのとまり》といい、平清盛《たいらのきよもり》の時代から宋《そう》との交易拠点として栄え出した港である。その後は明との交易拠点として使われていた。確かに、兵庫津ならば、明行きの船や高麗行きの船が出ている。

「ちょっと待っておくれよ。本気で言っているのかい」

信長は立ち上がろうと立てた膝をそのままにして、きよを正面から見つめた。

その目はきよを脅えさせるほど冷たく、同時に激しい怒りに燃え上がっていた。きよはこれほど激しい怒りに燃える目を見たことがなかった。

「そんな軽い気持ちで言ったのか。この俺に、そこらの男をからかうのと同じ気持ちで、海の向こうへ行こうと誘ったのか」

それまでより甲高い声で、信長が言った。

きよは声を発することもできず、怒りにみなぎった男の目に吸い寄せられたように、眼差しを動かすこともできなかった。

それは、怒り以外の何ものにも侵されぬ——世間体や矜持《きょうじ》といった、世間の人が当たり前のように持つわずらわしい感情が、一片も交じることのない純粋な怒りであった。

それを、きよは美しいと思った。

「からかう気持ちなんてない。三郎、あんたでなければ、言わなかった」

「なら、俺と行こう。俺がお前を採る」

「ちょっと待って。あんたがどんな人か、あたしにも察しはついてるんだよ。尾張出身の武将で、都に出入りできるのが誰なのかくらい、分からないおきよさんじゃない」

「だったら、どうだと言うのだ」

「あんたにだって、大事な女がいるはずだ。あたしにあの男がいたように——。あんたはそれでもいいのかい」

きよの問いに答えるより先に、信長は立ち上がっていた。

「お前が好きになった男は、お前じゃなくて、妻を採ったんだろう。俺は言ったはずだ。お前を採ると――。それは、お前以外の女を採らぬということだ」

信長が立ち上がるのに合わせて、きよも立ち上がっていた。

その時にはもう、きよの表情に迷いはなかった。

「ありがとう、三郎」

きよは尾張で見せたような潑剌とした笑顔を向けた。

「あんたの言葉を信じるよ」

信長はわずかに目を細めると、ぷいと横を向いた。

三

――あたしには、夢があった。

摂津の兵庫津へ向かう道中、信長と共に乗った馬の背で、きよはぽつりと語った。

「三郎を待ってる間に、都一の女商人になってることだった」

その夢を、きよは過去のこととして語った。信長はそのことには触れなかった。

「俺の夢は天下を取って、都のお前を迎えに行くことだったぞ」

「お互いにそうなってたら、すごかったろうねえ」

きよは夢見るような口ぶりのまま言う。だが、すぐに口調を改めると、った。

「もっとも、それまで待ってたら、あたしは九十九髪《つくもがみ》になっていたけれどね」

と、軽口にまぎらして続けた。

「そうなっていても、俺はお前を連れて、海を渡る」

信長はぶっきらぼうな口調で言った。きよはふふっと笑い、それ以上、何も言わなかった。

都から兵庫津までは、早馬を使えば、一日かからずに行ける。

それでも、一頭しかない馬に二人乗りで行くため、時はかかった。馬を休ませながら、はかのいかぬ旅を続けることに、せっかちな信長もきよも文句は言わなかった。

都を出た所で夜が更けた。宿場町で適当な宿を取り、その晩は泊まった。

「兵庫津まで、舶来の布を仕入れに行くのよ」

きよが女商人の顔で言うと、宿場の女将《おかみ》は疑わなかった。

「そうねえ。兵庫津まで行って押さえないと、いい品は問屋へ流れて、莫大《ばくだい》な値がついちまうと言うもんね」

そちらはご亭主かい——と、興味深そうな眼差しを向ける女将の問いかけに、きよはあいまいにうなずいておいた。

「いいねえ。用心棒をしてくれる優しいご亭主があってさあ」

小柄で小太りな女将は、信長ときよに部屋を一つ用意してくれた。

兵庫津へ舶来の織物を仕入れに行くというのは、おみの宛てに残してきた文と同じ内容だ。おみのは母親の急な外出には慣れている。商いのことで、きよが急に家を空けることはこれまでにも何度もあった。

今回も疑うことなく、きよの置き文の内容を信じているに違いない。

だが、数日経《た》っても、きよが帰って来なかった時、おみのはどう思うだろう。初めは厄介ごとにでも巻き込まれたかと心配するかもしれない。だが、きよが高麗行きか明行きの船に乗ったことを知れば、自分は捨てられたと思うだろうか。

二十歳のおみのは、決して一人で生きていけないことはない。きよの店もあり、残してきた財産もある。商いのやり方も一通りは覚えたはずだ。

だが、娘を捨てた母親を、おみのは永久に許してはくれまい。

(いいや、おみのを捨てることなんてできない)

そう思う傍ら、もし何もかもを捨てて、男と二人、高麗か明へ渡ってしまえば、どれほど爽快な気分になれるだろうと、思う気持ちもあった。

すでに案内してくれた宿の女中も下がり、部屋には二人だけだった。

きよはつと信長を見つめた。

信長は目が合うと、不意に荒々しくきよを求めてきた。女中が用意した褥《しとね》に押し倒されて、きよは馬乗りになった信長を見上げた。

京の店で見せたのと同じ激しく燃える両眼が、目の前にある。

(この目は、何に怒っているのだろう)

信長に抱かれながら、きよはひそかに思った。

京で信長の見せた怒りは、きよに対する純粋な怒りであった。だが、今は違う。きよに対してだけの怒りではなかった。その正体が、きよには分かるような気がする。

(きっと、あたしが抱えているのと同じもの……)

このまま二人で船に乗っても、それをあきらめて今までの居場所に戻っても、必ず残る悔い――。

尾張で初めて抱き合った頃のように、無邪気に海の向こうへ行くとは言えぬ自分自身に、どうしようもない苛立ちを覚える。その気持ちが分かると言えば、きっと信長は怒り出すだろう。

――お前は俺が偽りを言ったと思うのか!

きよはそっと目を閉じた。

信長は怒っている、この世のすべてに――。

思い通りにならぬ世の中、思い通りに動かぬ人、そして、志半ばにして船出することになったこの経緯にも、そういう成り行きを作り出したきよにも、自分自身にも――。

(そうやって、あんたは怒り続けながら、世を渡っていくんだろうか。たぶん、あんたにとって、とても生きにくいこの世の中を――）

そう思った時、熱く激しいものが体の芯を貫いていった。


夜がしらじらと明け始めた頃、ほとんど無言のまま、きよと信長の二人は宿を発った。信長が連れて来た黒馬は、一晩ですっかり元気を取り戻している。昨日と同様、二人を乗せて軽快に朝の道を走り始めた。

昼過ぎには、兵庫津に着いた。

さすがに人が多い。

明国や高麗の言葉がしばしば耳に入ってくるのも、都とは違うところだ。それだけでも、別の国に来たような感覚があった。南蛮人も時折見かける。

きよは兵庫津に来るのは初めてではない。織物を扱う他の商人たちと一緒に、買い付けに来たこともあった。

船着場には屈強な船乗りと思われる男たちがたむろしている。少し離れた所には、多くの露店が立ち並んでいた。餅や蕎麦《そば》のような食べ物を売る店もあれば、明や高麗から運ばれた薬草や香辛料、陶器を扱う店もある。南蛮の菓子を売る店もあれば、織物を並べる店もあった。

今日は商いではないと思っていても、きよの目はつい織物や舶来の布地を扱う出店の方へ向いてしまう。

「あれが欲しいのか」

ふと気づくと、信長もまた、きよの眼差しの先を追っていた。

きよが見ていたのは、鮮やかな緋色の織物だった。南蛮渡りの派手なものである。きよの店でも扱ったことがない。

「欲しいのなら、買ってやろう」

信長は優しく言った。きよが自分で身に着けたがっていると、誤解したらしい。だが、きよの返事も待たずに歩き出した信長に、あえてきよは声をかけなかった。

南蛮渡来の品であっても、売っているのは日の本の商人で、反物一本に銀一両という法外な値段がついている。だが、信長は値切りもせず買い取ると、そのままきよの手にぽんと置いた。

「天鵞絨《びろうど》というそうだ」

「これが、天鵞絨……。話に聞いたことはあったけれど、触るのは初めてだよ」

恐るおそるといった感じで、きよは緋色の布地の表面を撫《な》ぜた。

「何て柔らかい生地なんだろう。この肌触りといったら……」

きよはうっとりとした眼差しを、天鵞絨に向けたまま言った。

「帯にしたら、お前に似合うだろう」

「そうだね。こんなに派手な帯をして、都大路を歩いたら、きっと誰もがあたしを振り返るよ」

きよは歯を見せて明るく笑った。だが、その笑顔はたちまち消えた。

「でも、もう都大路を歩くことはないんだっけ」

きよは肩をすくめて言い、もう一度、小さく笑ってみせた。

「さて、船を探さなくちゃね」

気を取り直した様子で、きよは言い、目を港の方へ向ける。

国内だけを回る船もあれば、異国行きの船もあるはずだが、突然やって来て、果たして異国行きの船に乗れるのかどうか、きよには分からなかった。

「俺に任せておけ」

信長はきよを安心させるように言うと、船乗りたちがたむろしている船着場の方へ歩いて行った。

その背中を見送りながら、引き返すなら今しかないと、きよは思う。急な乗船が難しいといっても、金を積めば乗れぬことはあるまい。

信長が金に飽かして交渉を終えてしまえば、引き返すのはいっそう困難になる。

「待って！」

きよは周りにいた者たちの注目を集めるほど、大きな声で、信長を呼び止めていた。

「あの船がいい。あの船にしよう」

きよは唐突にそう言うと、足を止めて振り返った信長のもとへ、足早に駆け寄った。そして、驚いた眼差しを向けている人々を尻目に、信長の腕を取るや、一艘《そう》の船をもう一方の手で指差して歩き出した。

四

きよが適当に選んだのは、播磨《はりま》行きの船であった。片道三十文という船頭の言い値を、きよは信長の分も合わせて、持ち合わせの金で支払った。

何も言わぬ信長の腕を引くようにして、船に乗り、甲板に出た。

甲板の上は、遮るものがないせいか、陸《おか》にいた時よりも、風が強く感じられる。二人の他に人はいなかった。

風がきよの長い髪を巻き上げていく。

きよは黙って、信長の腕を離すと、艀《はしけ》に寄って、じっと陸の景色を見つめた。

やがて、信長は黙ってきよの脇に立った。

静かだった。陸上の喧騒《けんそう》は船の上までは伝わってこなかった。

「これが、お前の望んでいた船出なのか」

ひときわ強い風が吹き抜けていった時、信長が急に尋ねた。

「いいや、これは船出じゃないし、今は船出はしない」

きよは信長の方を見ようともせずに、はっきりと答えた。

「あたしたちは、ここで別れよう」

きよの声に迷いはなかった。

「ここまで一緒に来てくれて感謝してる。でも、あんたにはまだ日の本でやることがあるはずだ」

「俺は二度と帰国しないなどとは言っておらん。この国でやらねばならぬことのために、この国の外へ行くのもいいと思っていた」

「その間に、あんたがやろうと思ってたことを、別の人がやってしまったら、どうするのさ」

「俺以外に、それをできる者なんぞおらぬわ」

きよは目を信長に向け、まじまじとその顔を見つめた。

「変わったねえ、三郎は――」

きよはしみじみとした口調で、呟くように言った。

「昔は何を言っても、若造の戯言《ざれごと》としか聞こえなかったけれど、今は何だか、何を言っても三郎ならできるような気がしてくる」

「俺は昔も今も、できないことなど口にせぬ」

大真面目に言う信長に、きよは愛しげな眼差しを向けた。

「あたしはあんたと違って、情けないふうに変わっちまった。あんたに話したあの男をね、奥方のもとへ返した後、何だか気が抜けちゃってさ。あたしだってあの男だって、まだ三十路前後だったってのにさ。もう人生をやり直すことはできないんだって、言われたみたいな気がしてね」

「俺は、すべてを捨てて飛び出した女を知っている」

不意に、信長がぽつりと言った。

「えっ……」

「その女は俺をも捨てた。だが、俺を捨てたからこそ、俺はあの女に惚れ直したと言ってもいいかもしれん。あのまま俺のそばにいれば、疎ましく思う日もあっただろう」

「そう……だったの」

うらやましい女だね――きよは小さく呟いた。それから、風にあおられて頰にかかる髪を振り払いながら、陸の方へ目をそらした。

「あたしは都へ戻って、あんたを待つ間の夢をもう一度やり直すよ。都一の女商人になってみせる」

「都一の女商人なんぞと、小さなことを言うな。どうせなら、日の本一の女商人になれ」

きよははっとした様子で、信長を振り返り、やがて、うっすらと微笑むと、信長の右手を両手でそっと握りしめた。どちらの手も同じくらい冷たく、体温は感じられなかった。

「あたしをかわいがってくれた帯座の座頭《ざがしら》さんはね。朝廷から五位の官位までいただいて、今じゃ五位女《ごいじょ》と名乗っていなさるのさ。あたしも五位女さんに負けないくらいになって、朝廷から官位をいただこうかね。そうしたら、三郎、あんたよりあたしの方が偉くなっちまうかもしれないけどさ」

きよは信長の手を取ったまま、ゆっくりと眼差しを遠くへめぐらせた。

「船の上って、こんなに高いんだねえ。景色がぜんぜん違って見えるもの」

そう言った時のきよの声の調子は、それまでと違って、明るくのびのびしていた。

「そうだな」

信長は言葉短く相槌を打つ。

「次に船出する時も、あたしと一緒に乗ってくれるかい。今度は海の向こうの国まで、ずっと一緒に――」

「俺はできぬことは、口にしないと言ったはずだ」

「その時はもう、あたしは本物の姥桜かもしれないよ。それでもいいんだね」

からかうように、きよは言う。

「しつこい！」

信長は癇癪を起こして、怒鳴るように言った。

あははっと、声を上げて、きよは笑った。

再会してから初めて、信長が聞いたきよの笑い声であった。

信長は不意に、きよの体を引き寄せ、きつく抱きしめた。

「ちょいと、三郎。人が見ているじゃないか」

きよが慌てて言い、身をよじったが、信長はかまわずきよの体を離さなかった。

「まあ、いいか。ちょっとくらい見せつけてやっても――」

きよはくすりと笑い、信長の背中に腕を回した。

海の風が吹きつける甲板で、二人はしばらくの間、そうしていた。

七章　京の女商人《おんなあきんど》

一

帰蝶とおつやは、美濃から近江を経て京へ入った。

二人とも、都を見るのは初めてである。近江から山科《やましな》辺りを抜け洛中に入ったが、七条辺りは高貴な人の姿はあまり見られず、庶民たちが行き交うばかりであった。

「都というと、吹く風までも特別に香り高く、雅《みやび》なものかと思っておりましたが……」

おつやは首を傾げながら、京の町並みを見つめて呟く。

「ええ。私もそんなふうに思っていたけれど……」

実際の京の町は、美濃の城下町井口と比べても、さして違いがないように見える。いや、道三の最盛期であれば、井口の方が規模は小さくとも、活気はあったかもしれない。その後の動乱期を経て、井口も少しずつ廃れてしまったが、都が廃れた事情も同じようなものであろう。

この時の都は、応仁《おうにん》の乱以来の荒廃から、まだ立ち直っていなかった。応仁の乱後、十代将軍足利義材《よしき》が管領細川政元《ほそかわまさもと》によって廃されるという明応《めいおう》の政変が起こり、その後も将軍職をめぐる争いが二十年近く続いている。やがて三好長慶《みよしながよし》の台頭を経て、その家臣である松永久秀《まつながひさひで》と三好三人衆により、十三代将軍義輝が殺害されたが、その永禄の変が起きたのは、わずか二年前の永禄八（一五六五）年。その後も、松永久秀と三好三人衆が覇権をめぐって対立し、都の情勢は落ち着くことがない。

帰蝶とおつやがやって来たのは、京がそのような状況にある頃だった。

おつやが寺で聞いてきた織物屋「美濃屋」は、都の七条大路ですぐに見つかった。周辺の店は小さいのに、この美濃屋だけは付近の小店の二倍近くありそうだ。それもどうやら、隣の店を買い取って改築したといったふうである。

「よほど羽振りがよいのでしょうか」

気を呑まれた様子で、おつやが言った。

「確かに、たいそうな商いぶりのようですね。織物とはそんなに儲かるものなのでしょうか」

帰蝶も首を傾げざるを得ない。

「まあ、大名衆などを相手に売りさばいているのかもしれませんねえ」

腑《ふ》に落ちぬ物言いではあったが、おつやが自分を納得させるように言う。

「とりあえず、おつやが会いに行くべきでしょう」

帰蝶はおつやを振り返って言った。

「といいましても、私は赤子の頃しか知らないのですから、初対面と同じですし、それに、きよさ……きよの方は、私のことも知らないはずなのですが……」

おつやはぶつぶつ言いながら、しばらく躊躇っていたが、帰蝶に押しやられて、しょうことなしに暖簾をくぐった。

「ごめんください」

声をかけながら、一、二歩店の中へ入ると、

「いらっしゃいませ」

威勢のよい女の声が、奥から聞こえてきた。

「私は、美濃崇福寺の御坊さまより、お話を伺って参った者。きよと申される店の女あるじはおられますか」

外から店内へ入ったおつやは、一瞬、中の暗さのせいで目が霞《かす》んだ。挨拶を述べている間に、先ほどの女が近付いて来るのが分かったが、女が目の前に来た時にはもう、それがきよだということは明らかだった。

（ああ、やはり似ておられる……）

帰蝶だけではなく、小見の方の面影にも重なる。おつやはきよを見つけられて嬉しいのか、困惑しているのか、自分でも分からなくなっていた。

「女あるじのきよは、あたしでございます。お客さまは美濃の崇福寺からお越しになられたのですか。これはまあ、懐かしい名を聞くものでございます」

きよは如才なく挨拶した。おつやが自分の出生を知る者だなどと、微塵も疑っていない様子である。

「遠い所を、よくお越しくださいました。くわしいお話も伺いたいですから、よかったら、座敷へ上がってくださいな。店番なら、あたしの娘がやりますから――」

「いいえ、連れが外に待っておりますので……」

早口の女に続いて、おつやが困惑気味に辞退する声が、店外の帰蝶にも聞こえてきた。

「だったら、そのお連れの方も一緒に上がってください。さあ、どうぞ」

きよはおつやの脇を抜けて、ひょいと暖簾の間から顔を出した。

暖簾の前に立っていた帰蝶は、真正面からきよと顔を見合わせることになった。

「えっ！」

驚きの声が漏れたのは、どちらの口からだったか。背の高さも同じくらい、年の頃もそれほど離れているわけではない。面と向かって見合わせた顔は、まるで鏡を見ているようによく似ていた。

「おや、これはまあ――」

驚きから先に立ち直って、口を開いたのは、きよの方であった。

「自分で言うのも何だけれど、他人の空似ってあるもんですねえ」

きよはしげしげと帰蝶の顔を見つめながら、感心したように言った。

「お連れの方もやっぱり美濃から？」

きよは続けて問うた。

「そちらは美濃の斎藤家に仕えていた武家の奥方です。この度、お家を出ることになったので、私がお供をしているのです」

帰蝶が言う前に、中からおつやが口を挟んだ。

「そうですか。お家を出ることに――」

きよは、少しもの思わしげな表情を見せたが、

「まあ、とにかく、お二方とも座敷へ上がってくださいな」

と、客あしらいで鍛えた愛想のよさで言った。

きよが奥へ行ってしまうと、その隙をとらえて、

「あの人、誤解しているようですよ。そなたが親族の者だと言わなくてよいのですか」

帰蝶はおつやに小声で問うた。

「いいえ、きよは自分を孤児《みなしご》だと思っているはずです。そういうことにして寺に預けたの

ですから。真実を打ち明けるかどうかは、私が判断いたしますゆえ、姫さまは何もおっしゃいませぬよう。私たちは御坊さまたちに勧められて、きよを頼ってきたということにいたしましょう」

おつやは奥の様子を憚りながら、声をひそめて言った。

「分かりました。そなたがそう言うのなら……」

帰蝶がうなずいた時、きよが奥から戻って来て、

「さあ、どうぞ。商いの品が積んであって、ちょいと手狭ですけれど」

と、二人を中へと促した。

店の奥からひょいと顔を出した、おみのとかいう娘を見た時も、帰蝶ははっと胸を衝かれた。信長に嫁いで間もない頃の自分に似ている。帰蝶と母の顔を見比べながら、不思議そうにしている目もとが愛らしくて、思わず微笑を誘われると、娘の方も帰蝶に笑いかけた。

(私に、娘がいたら、こんな感じだろうか)

つとそう思い、今は遠い岡崎にいるはずの徳姫はどうしているかと、思いを馳せた。

きよに案内されて入った部屋は、確かに反物が山と積まれていて、何とも落ち着きが悪かった。

これほど狭い場所に座ったことがない帰蝶は、再び面食らったが、町家ではこれがふ

つうなのだろう。

「ところで、奥方さまはどうして、婚家を出て京へ――」

きよはいきなり、帰蝶に顔を向けて尋ねた。

「それは……」

そこまでは、おつやと前もって打ち合わせていない。少したじろいだものの、

「私は、離縁されたわけではありませぬ」

と、帰蝶はきよの眼差しを跳ね返すようにして、強気に言い返した。

「いえ、離縁されたとは申しておりませんがね。いずれにしても、女が一人で生きていくには、難しい世の中ですよ。それはもう、美濃でも京でも同じことでございます」

「されど、あなたさまはこうして、立派に店を切り盛りしている」

帰蝶はなぜか負けん気を起こして、きよに言い返していた。

「それはまあ、ここまでするのにも、いろいろありましたからねえ」

きよの方は帰蝶の闘争心など、ものともしていないようだ。それがまた、なぜか帰蝶の癪に障った。

「ところで、奥方さまとお付きの方は、京にお住まいになるおつもりですか。当てなどはおありで――」

「いいえ、その辺りのこともお訊きしたくて、こちらを訪ねたのです」

おつやが口を挟んで言った。

「そうでしたか。崇福寺ではお世話になりましたし、そのご縁でお手伝いできることがあれば、何なりとおっしゃってくださいさい。当方では金の融通もしておりますので」

きよが言うので、おつやは慌てた。

「こちらの奥方さまは、金にお困りになるようなお人ではないのです。さようなお気遣いはどうぞ、ご無用に願います」

ところが、そのおつやの言葉に反撥《はんぱつ》したのは、帰蝶であった。

「確かに、私には夫から持たされた金子《きんす》が十分にあります。されど、それを食いつぶすだけの暮らしがしたくて、家を出てきたのではありませぬ」

帰蝶はきっぱりと言いきって、きよを見つめた。

「ということは、奥方さまは大金をお持ちというわけでございますね」

きよが何事かを考えるふうに呟くので、帰蝶とおつやは思わず顔を見合わせた。それを見ると、きよは「あははっ」と笑い出した。

「ご心配なく。別によくないことを考えていたわけじゃありませんよ。大金があるなら、それを元手に商いを始めることもできるって、思ったまででございます」

「商い……」

帰蝶は初めて、その言葉を我が身に引きつけて口にした。それは、美濃の国盗りをして大名となった父道三が、それ以前に活計としていたことでもある。

自分にも縁のないことではない、いや、少なくとも父の商人の血が自分の中にも流れているはずだと、帰蝶は思った。

「いちばん手っ取り早いのは金貸しですね。あたしもしていますから、金子を回してくれれば、お客さまに貸し付けて、利ざやをお渡しすることもできますけれど……」

「いいえ、どうせ商いをするのなら、金貸しではないことがしてみたい」

帰蝶の思いきった発言に、驚いたのはおつやであった。

「何を申されます、商いなどと！」

だが、帰蝶はおつやの言葉を無視して、

「私の父は、昔、油売りをしていたと聞きます。私は武家に嫁ぎ、商いとは縁がなかったが、それだけで商才がないと決めつけることはできますまい」

「まあ、京には古くから女の商人が多くいたのでございます。魚売りの桂女《かつらめ》や炭売りの大原女《おおはらめ》は、源平の戦より前からいたのですからね。座頭になって、朝廷から五位の位を頂戴した女商人さえいるのですよ」

「五位の官位を――」

それは、帰蝶には新鮮な言葉だった。

信長のような大名であっても、朝廷の官位は持っていない。もちろん、朝廷に何らかの寄進でもすれば、官位はもらえる。信長の父信秀も、伊勢遷宮《いせせんぐう》のために銭や材木を寄進して、官位と官職をもらっていた。だが、その信秀でさえ従五位下《じゅごいのげ》であった。

きよの言う女商人も、五位というから、信秀と変わらない。

(女でも、自分の力で地位を手に入れる者がいる)

帰蝶の胸に火が点《とも》った。

そういう何かをしてみたいと思った。親の決めた男に添うて、夫に従うだけで終える一生ではなく、自分の力で切り拓いていくような何か——。

それが、商いでいいのかどうか、帰蝶にはまだよく分からなかった。だが、商いをする種々の条件は、そろっているような気がする。

「私は、手もとにある金子で、いずれ商いを始めてみたい。されど、商いのことは分からぬゆえ、教えてもらえると、ありがたいのだが……」

気づいた時には、そう言っていた。一度思い立ってしまうと、きよにものを頼むのにも抵抗はなかった。

「あたしに教えてほしいと、おっしゃるのですか」

さすがに、きよも驚いたように目を瞠っている。

「姫さま」

おつやが帰蝶の翻意を促そうと、その袖を小さく引いた。だが、帰蝶はそれを無視した。

「といっても、あたしだって、誰かに商いのやり方を学んだわけではないのです。商いとは、ただ先人の手法を見よう見真似で覚えていくしかないと、あたしは思うのですけれどね」

「ならば、こちらのお店で働かせてもらえまいか。先ほど、こちらにいた娘さんと、同じ仕事をさせてもらえれば――」

「あのねえ、奥方さま。商いをするっていうのは、それなりの覚悟の要るものでございます。あたしの店で働くからには、あたしだってお武家の奥方さまとして扱うわけにはいかない。うちの娘のおみのに対するのと同じような口を利くけれど、奥方さまはそれに耐えられますか」

「それは、できぬ辛抱ではありませぬ。至らぬところがあれば、それも改めましょう」

そう口にした時、帰蝶の頰には城暮らしをしていた頃には見られなかった、生き生きした赤みが差していた。それを目にしてしまうと、おつやは何も口を挟めなくなった。

「それなら、本当に遠慮はしませんよ。あたしは決して優しい女じゃありませんからね」

きよは二人に向かって、歯を見せて笑った。

「恩に着ます、きよ殿」

すっかり態度を改めて、頭を下げる帰蝶の姿に、おつやは慌てた。これまで帰蝶は、父母や信長以外の者の前で、頭を下げる必要などなかったというのに……。

それでも、帰蝶は新しい生活への期待感のあまり、そんなことに気づきもしなかった。

「なら、まずはおみのと一緒に、店の掃除と店番から始めてもらおうかね」

きよはぞんざいな口ぶりで、容赦なく言った。

二

帰蝶がきよの美濃屋で新しい生活を始めてまもなく、永禄十一年が明けた。

初めは、きよの店の近くに、家を借りるつもりだった帰蝶とおつやも、きよの家宅に空き部屋があるため、そのまま居続けることになってしまった。ずっと母と二人暮らしだったおみのが、新たな同居人のできたことをたいそう喜んだためでもあった。

帰蝶はもう、今までのように豪華な打掛を着て座っていればよいだけの奥方ではない。毎日、小袖姿で立ち働くようになったが、それでも帰蝶の持ち物は派手で高価なものばかりである。

「うちは織物屋なんだから、そういう派手な衣装はかえっていいんだよ」

というきよのお墨付きもあって、それまでの小袖も商い用に活用している。

帰蝶の小袖は紅や山吹など、明るい地のものが多く、紋様は花や蝶、植物の葉や独楽《こま》、扇など、細やかで女らしいものがそろっている。

「帰蝶さんは趣味がいいわ。この商いに向いてるのよ、きっと」

この年、二十一歳になるおみのが笑顔で言う。

「母さんは、花の紋様とか着ないから……」

確かに、きよは目の覚めるような蘇芳《すおう》や紫などの地に、京都らしい有職《ゆうそく》紋様の柄をあしらった小袖を着ていることが多い。絵柄は好まないのか、あっても鳥の意匠を施したものくらいであった。

きよの店は、反物や古着などの商いと金貸しとに分かれている。布物の商いについては、おみのが一人でも十分にこなせる腕前だった。

一緒に仕事をするようになった帰蝶が、おみのの仕事ぶりで特に感心したのは、支払いをごまかそうとする客の不正を、決して見逃さないことであった。

「支払いをごまかそうとする人が、こんなに大勢いるなんて」

嘆息を漏らす帰蝶に、こんなのは当たり前だと、おみのは言う。

「母さんが扱ってる大名衆や、一部の裕福なお公家さんならともかく、そうでない人々にとって今の暮らしはきつすぎるもの」

京では応仁の乱の荒廃に続き、その後も世情が不安定であった。京の人々はいつ合戦に巻き込まれるかと、それればかりを憂えているという。

「そんなに危ういなら、きよ殿は京の店を畳むことを考えてはいないのかしら」

戦乱もそうだが、金貸しの商人は貸した金を帳消しにする徳政令発布を求める一揆《いっき》に、巻き込まれる危険もある。だが、

「それは、考えてないと思う」

おみのは躊躇のない口ぶりで言った。

「母さんは京で商いを始めるのに、相当苦労をしているの。京の織物商は、大舎人織手《おおとねりおりて》座《ざ》、小袖座、絹座、帯座などがあって、新参者は割り込めないんだ。母さんはしばらく京の外まで行商に出てた。そうしてお金を貯《た》めて、座に加えてもらったの。だから、ちょっと危ないくらいじゃ、京を出て行きゃしないわよ」

噛みしめるように語るおみのの言葉は、おきよの屈託のない明るさからは想像もつかない苦労人の姿を垣間見《かいまみ》せてくれるようであった。帰蝶は自分の言葉の安易さを反省すると同時に、きよの強さを感じていた。

「それにね、母さんが京に留まるのはそれだけじゃないみたい」

そこで、おみのは少し悪戯《いたずら》っぽく笑ってみせた。

「母さんはね、誰かが京に来るのを待っているみたいなのよ。母さんと夫婦になりたいっていう人も、他にいなかったわけじゃないのにね。あれで、けっこう身持ちが堅いの

よ」

「まあ」

きよに、そんな純情さがあったということに、帰蝶は驚いた。

「それは、もしかしたら、あなたのお父上じゃないのかしら」

「それはないと思うな。母さんはもう、あたしの父親のことなんか、忘れてるもの」

父への未練は持たないらしく、おみのはさばさばと言う。

「そういえば、おみの殿は嫁入りしないのですか。もうそういう年頃でしょうに」

帰蝶がふと思いついて尋ねると、おみのは笑い出して、それはないときっぱり言った。

「あたしは嫁ぐより、母さんみたいに店を持ちたい。商いをしながら、気の合った男と恋をするの。亭主は持つかもしれないけど、余所《よそ》の家へ嫁に行ったりはしない。母さんもたぶん、それでいいって思ってる」

目を輝かせて言うおみのを見ると、帰蝶は嫁ぐ前の自分との違いを、思わずにはいられない。

あの頃の自分は、今のおみののような強さと見識を備えていただろうか。そうではないから、自分は織田家を出ることになったのではないか。吉乃のことが分かった時も、自分に覚悟があれば、もっと適切に対応できたのではなかったか。

帰蝶がふと物思いにとらわれた時、

「ちょいと!」

店の奥にいたきよが出て来て、帰蝶とおみのを叱りつけた。

「店番っていうのは、お客のいない時、おしゃべりしていることじゃないんだよ。品物に汚れはないだろうね。店前《たなさき》に土ぼこりが立っているようじゃ、お客が入ってくる気をなくしちまうよ」

「はあい。今、やりまあす」

おみのは調子よく返事をすると、母の言葉を最後まで聞こうとせずに、棚の方へすたすたと立ち去ろうとする。

「ちょいと、おみの。あんたは帰蝶に教える立場だろう。そんなんで、帰蝶がちゃんと一人前になれると思ってんのかい」

「店前にはすぐに水を撒《ま》きますから」

きよのお小言を断ち切るように口を挟むと、帰蝶は店の裏手へ回ろうと、暖簾を割って外へ出た。すると、一人の男がどこかおどおどした顔つきで、店の中をうかがうようにしている。

「あら、お客さんですよ。きよ殿、きよ殿」

帰蝶は男に軽く会釈して、帳簿をつけに奥へ戻ろうとしていたきよを呼んだ。

その男は以前、金を借りに来た客で、帰蝶も顔を覚えていた。金貸しの客については、すべてきよが応対するからと言われている。それで、きよを呼んだのだが、男の方はきよの名が出た途端、怖気《おじけ》づいたような表情を見せた。

「おや、四条の扇屋の旦那じゃないか。金は二日前に返してもらう約束だったんだけどね。今日も見えないようなら、旦那のお店へ掛け取りに行こうと思ってたんだよ」

きよが草履をつっかけて、土間へ下りてくる。

「そ、それだけは勘弁してくれと言うたやないか」

扇屋はしどろもどろになりながら言った。

「だから、行っちゃあいないだろ。だけど、期限を守ってくれなきゃしようがないんだよ。さあ、貸した五百文に、利息と二日分の遅れで、五百十文、そっくり出してもらおうか」

きよは凄みを利かせて言った。

「それがなあ、おきよはんよ。どうにも、三百五十文しか都合がつかへんのや。扇の売れ行きが悪うてなあ。腕のいい絵師が毛利に招かれたとかで、西国に行ってしもたのや。せやさかい」

もうしばらく取り立てを待っとくれ——と、扇屋が言い出す前に、

「そんな言い訳、聞き入れてもらえると思ってんのかい。払えなきゃ、あんたの店の品

物か、あんたの店を売ってでも、金を作ってくるんだね」

と、きよは容赦なく言った。

「それは、無茶というものや。うちには、去年生まれたばっかの赤ん坊がおるし、女房は産後の具合が悪うて寝こんでるし……」

「金貸し相手に、情に訴えようったって無駄だよ。金が用意できなきゃ、あんたが印を捺《お》した証文にあったように、指を切ってもらうしかないね」

「な、なにを言うてはるのや。まさか、ほんまに指を切るなんて……」

「ちょいと、女だからって軽んじてもらっちゃ困るんだよ。もしあんたの未払いを見逃したことが、この界隈《かいわい》に広まれば、どうなる。このおきよさんを食い物にしようっていう悪党どもが、ここへ押し寄せることになるんだよ。このおきよさんの名に傷がつくってもんだろう」

きよはそう言って凄むと、

「おみの」

と、棚の方にいた娘を呼んだ。

「小刀を持っておいで」

「はい」

おみのは逆らいもせずに、帳場へ行くと、そこの引き出しから小刀を取り出して、き

よに渡した。きよは扇屋の目の前で鞘《さや》を抜くと、震えている男の襟元をつかみ、

「あと三日だけ待ってやる。それまでに残り百六十文、きっちりそろえて持ってきな。さもなきゃ、座衆が雇っている用心棒を引き連れて、おきよさんがあんたの店に押しかけて行くからね」

と、白刃を突きつけて脅した。

「わあっ！」

哀れな声を上げる扇屋を、きよは無慈悲に突き飛ばした。

「さあっ、さっさと金を集めに行くんだね」

扇屋がほうほうの体《てい》で、店の外へ転がり出ると、きよは扇屋の差し出した三百五十文の銅貨を手に、何事もなかったかのように、奥へ戻ろうとする。おみのも平然とした様子で、棚の整理にかかり出した。

帰蝶だけが、この成り行きに度肝を抜かれていた。

「申し、きよ殿」

帰蝶は奥へ入ろうとするきよを追いかけて、呼び止めた。

「あれは、あまりに情け知らずのやり方ではありませぬか」

帰蝶はこの時初めて、商いに関することで、きよに非難めいた眼差しを向けた。

「脅したことかい」

きよはいつになく険しい顔をして問うた。

「そうです。あれは、行き過ぎだと思います」

「なら、帰蝶さんは、あたしよりもっとうまいやり方で、貸した金を取り戻せるとでも言うのかい」

「それは……」

帰蝶は口ごもった。

「できないのなら、あたしのやり方に口を挟まないでもらおうか。帰蝶さんはあたしやおみの言う通りにしていればいいんだ」

と、きよは厳しい口調で言った。

帰蝶は何も言い返せなかった。

だが、これでいいわけがない。きよは間違っているという気持ちだけは、その後も強く残った。

(やはり、あのまま、あの人を見捨てるわけにはいかない)

帰蝶は店番の合間を縫って、今では美濃屋の家事を仕切ることになったおつやを呼ぶと、稲葉山城より携えてきた金の中から二百文を用意させた。

「姫さま、このような端金《はしたがね》を、一体、何に使うのでございますか」

おつやが不思議そうに尋ねたが、きよとおみのには言うなと口止めし、帰蝶はその日の店番が終わってから、四条にあると聞いた扇屋を訪ねた。信長の命を受けているらしい警護の男が一人、見え隠れに付いて来ていたが、帰蝶は気に留めなかった。

扇屋の店を見つけると、中へは入らず、主人を呼び出してもらう。ほどなくして扇屋が出て来たが、ひどく慌てていた。帰蝶を小路の端へ連れて行くなり、

「おきよはんがよこしたんやな。店へ来てもろたら困ると言うたやないか。あたしはこの入り婿なんだからね。立場も考えとくれよ」

と、明らかに迷惑顔で、扇屋は言う。

「私は、きよ殿の言いつけで来たのではありませぬ」

帰蝶は言い、包んできた二百文を取り出した。

「ここに、二百文あります。百六十文は支払いに回し、残りは奥方に何か精のつくものでも食べさせてあげてください。利ざやは要りませぬが、返せる時が来たら、きっと返してくださるように——」

「何と、ありがたや！」

扇屋は先ほどまで不機嫌そうだった顔を、たちまちゆるませて、にこにこと笑い出した。

「まったく、おきよはんは鬼のようなお人やけど、あんたはんは観音さまのようなお方どすなあ」

帰蝶に手を合わせ、あたかも観音を拝むように、手をすり合わせている。その喜びようを見て、帰蝶はよいことをしたと思った。

自分はきよとは違う。この後、店を持つことになったとしても、その時はきよとは違ったやり方で商いをしていくのだと、帰蝶は強く心に思った。

そう思えることが、自分が昔とは変わった証に違いないと、この時の帰蝶は疑うこともなかった。

三

帰蝶がきよから、話があると言われたのは、その翌日の昼のことであった。

「帰蝶さん、あたしに内緒で扇屋に金を貸したね」

帰蝶は返す言葉を失った。きよは激しているわけではない。むしろ、いつもより落ち着いた物言いなのだが、それがかえって空恐ろしく感じられる。

「あんたは今、この店の使用人だ。使用人がそんな勝手な真似をして、この店の信用が成り立つと思うのかい。帰蝶さんは主人を裏切ったんだから、侍なら腹を切って詫びるところだよ」

きよの言うことは確かに正しく、帰蝶には何も言い返せない。それでも、昨日の自分が間違ったことをしたとは思わなかった。

「確かに、私はきよ殿に対して、道理に背くことをしました。扇屋の主人というより、あの方のお身内が気の毒で……」

「金を借りる連中は、必ずどこかで立ち直らなきゃいけない。一生、金を借り続けるわけにはいかないんだからね。あたしの貸した金が立ち直るきっかけになる——そこに、金貸しの意義があると、あたしは思ってるのさ。厳しい取り立てだって、そのために必要なんだ。もしここで、あの扇屋を許してしまえば、あの男は一生、人から金を借り続けることになるだろうよ」

「でも、ここで百六十文がないために、あの人の奥方がさらに体を悪くしてしまったりしたら……」

「何を言ってんだい。あの男の女房は子供を産んだ後は、ぴんぴんしてるよ」

「何ですって！」

帰蝶は蒼白《そうはく》になって声を上げた。

「そんなことも調べていなかったのかい」

大方、そんなところだと思っていたけれど——と続けて、きよは溜息を吐いてみせた。

「帰蝶さんに見せたいもんがある。付いて来な」

きよはそう言って、草履を履いた。帰蝶は黙って、その後に従った。

店を出る時、こちらを見つめるおみのと、ふと目が合った。

（おみのだったのだ……）

きよに、帰蝶の行動を告げ口したのは——。

そう思いながら、悄然《しょうぜん》ときよの後を付いて行くと、まるで帰蝶の内心を読み取ったかのように、

「おみのを甘く見ていたようだね」

と、きよが話しかけてきた。

「帰蝶さんのやることなんざ、おみのに教えられなくても、あたしには分かっていたけれどね。おみのの目をごまかすこともできないようじゃ、店を持つにはまだまだだよ」

きよの声には、帰蝶に裏切られた怒りというより、愚かな弟子を教え諭してやろうというような優しさがこもっている。

（それでは、私がこうすることを見越して、きよ殿はわざと私を好きにさせていたのか）

そうとも知らず、自分は一人で得意になっていたのだ。きよとは違う商いをするなど、身のほど知らずなことを考えて——。帰蝶が物思いに沈んでいると、

「もうすぐだよ」

と、きよが言った。

七条から北に上ってきた二人は、もう六条辺りに差しかかっていた。この辺りは安普請の小家が軒を連ねていて雑然としている。きよは狭い小路を縫うように進んで行き、やがて、造りは店のようだが、暖簾もかかっていない建物の前で足を止めた。

「中へ入ったすぐのところは、売り物にもならないがらくたが置かれている。もう一つ奥に戸があって、そこを抜けると、金のやり取りがされているはずだ。度肝を抜かれると思うけど、声を上げたりするんじゃないよ」

きよが前もって忠告し、怪訝な顔をしている帰蝶に説明した。

「勝手に入ったりして、平気なのですか」

「中にいる奴らは、自分たちのことに夢中だから、気づきもしないよ」

きよは言い、悪びれたふうもなく、店の表の戸に手をかけた。錠は鎖《さ》されておらず、戸はすぐに横に開いた。

中は薄暗く、薄汚れた調度を除けば、殺風景である。

よく見ると、左の端に見つけにくい戸があった。きよは戸の奥から漏れる明かりを頼りに、静かにそこへ近付いた。そして、音を立てずに、そっと戸をほんの少しばかり開けた。

帰蝶を手招きし、中をのぞくよう合図する。言われた通り、隙間から中をのぞき見した帰蝶は、

「ここは――」

言うなり、そのまま絶句してしまった。

「鉄火場《てっかば》だよ」

きよが後ろから、小さな声で耳打ちした。

男たちの汗くさい臭いに酒の匂いが混じり合って、細く開けた戸の隙間から漏れてくる。饐《す》えたような臭気と熱気に当てられて、帰蝶はたちまち息がつまりそうになった。中では、男たちがわいわいと、叫んだり喚いたりしている。その中心には、右手に壺《つぼ》ザル、左手にサイコロを手にした壺振りがいて、男たちは丁か半かと、叫んでいるのだった。

奥では、双六《すごろく》をやっている男たちもいる。

「半は一、三、五、丁は二、四、六の目のことさ。どっちが出るか、金を賭けるんだよ」

きよが説明してくれた。

「賭け事はご禁制なんじゃ……」

「そんなもの、守る奴がいるもんかね」

きよは莫迦にしたような調子で言った。

「それより、男たちの中に知った顔がいないか、よく見てごらん」

言われて、帰蝶はあまり気が進まなかったが、凄《すさ》まじい表情をした男たちの顔を、端から一人一人見ていった。どの顔も獰猛《どうもう》な獣のように見える。

だが、その中には確かに知った顔があった。

(あれは、四条の扇屋！)

昨日、帰蝶に手を合わせた時とは打って変わったような、卑しい顔つきをして、真剣に壺振りの手つきを見つめている。

あの男は、ここで金を使っていたのか。とすれば、帰蝶が与えてやった二百文は——。

帰蝶が愕然とした時、

「何だとお！」

鉄火場の中の様子が急変した。

諸肌《もろはだ》脱いだ男たちが、例の扇屋につかみかかろうとしている。どうやら扇屋は賭け事に負けて、金を奪われたようだ。

「てめえ、俺たちがいかさまを働いたて言うんか」

「そ、そうや」

扇屋が必死になって抗弁していた。だが、強面《こわもて》で獰猛な男たちが、扇屋の話をまともに聞くようには見えなかった。男たちは扇屋の口をふさぐため、その顔面を数発殴りつけた。

「莫迦な男だよ。あいつらに体よく金を巻き上げられていたことに、ようやく気づいたのかね」

顔色一つ変えずに、きよが呟く。

「き、きよ殿。どうしたら……」

帰蝶は見ていられなくなって、隙間から目をそらし、きよをすがるように見つめた。

体中が小刻みに震えている。

「帰蝶さん、外にあたしたちをこっそり警護していた座衆の用心棒がいる。見つからなかったら、美濃屋の者だと大声で叫べば、向こうから現れるだろう。その男と一緒に、五条の帯屋へ行ってくれるかい」

きよの頼もしい物言いを聞いているうちに、帰蝶の震えは不思議と止まっていた。

「何をすればいいのでしょう」

覚悟を決めて問う。

「その店の女あるじは、前に話した帯座の座頭、五位女さんだよ。あの方が来てくだされば、男たちを黙らせることができる。帰蝶さんは今見たことを全部、五位女さんに話してくれればいい」

「わかりました。参りましょう」

帰蝶はしかと請け合った。だが、一瞬後には顔を曇らせて、

「きよ殿はどうするのですか」

と、不安そうに尋ねた。

「あたしはここで、もう少し成り行きを見ている。男たちもすぐには扇屋を殺したりしないだろうが、万一のことがあるからね。扇屋がいよいよ危なくなったら、あたしが出て行って時を稼いでいるよ」

「でも、あんな男たち……」

「あたしなら心配要らないよ。ああいったならず者たちは、これまで何度も相手にしてきたからね。それより、あの扇屋が無事に帰れるかどうかは、五位女さん次第なんだ。帰蝶さん、頼んだよ」

「わかりました」

帰蝶はうなずき、たちまち踵を返した。小走りに駆けていくその背が、一度も振り返らずに消えたのを見届けて、

「見かけより、頼りになりそうだ」

と、きよは楽しげに呟いた。それから、ふうっと大きく深呼吸をすると、

「さて、いつ出て行こうかね」

きよは再び、戸の隙間から、鉄火場の中をのぞき込んだ。

四

それから、半刻《はんとき》の後——。

帰蝶が帯座の座頭、五位女とその用心棒たちを連れて、鉄火場へ引き返して来た時、中の様相は一変していた。

男ばかりのむさ苦しかった鉄火場に、一箇所だけ紅色の光を放つ場所があった。きよである。

この日のきよは、蘇芳色の生地に唐草《からくさ》紋様を浮かせた小袖を着ていた。花や蝶のような愛らしい意匠ではないが、まるできよ自身が一輪の花のように凛《りん》と咲き誇っている。

きよはすでに片肌脱いだ格好で、片膝を立てて座り込んでいた。

「あねさんよう、扇屋の身柄が欲しいて言わはるが、この男は俺たちに借りがあるのや。ただで渡してやれるほど、俺たちも甘《あも》うはないんやよ」

扇屋を解放してほしいなら、扇屋が失《な》くした金五両、耳をそろえて出せと、男たちはきよに迫った。

帰蝶の顔色はみるみる蒼ざめた。その傍らには、堂々たる体軀《たいく》の五位女がいる。

「早く、きよ殿をお助けください」

五位女ならば、あの男たちを黙らせることができると、きよが言っていた。だが、五

位女は落ち着いたもので、

「まあ、お待ち。きよはちょいとやそこらで、やられたりせん。ここはもうしばらく、きよの活躍ぶりを見せてもらおやないの」

などと言って、悠然とかまえている。

朝廷から官位までもらうこの女商人の威勢は、商いに手を染めた今の帰蝶には分かる。逆らうこともできず、やきもきしながら、鉄火場の中をうかがうしかできなかった。

中では、かの扇屋が床に座り込んだ姿勢で、きよの前に頭を下げていた。

「おきよはん、お願いや。あたしが無事にここを出られるよう、もう一度だけ金を貸しておくれ。あんたの所の商いは繁盛してはる。金五両くらい出してくれはるやろ」

惨めに懇願する扇屋の姿を、男たちはにやにや笑いながら見下ろしている。きよは黙っていた。

「連れて行きな」

黒い着流し姿の男が、傍らの大男に命じた。まだ三十代の半ばくらいだが、ひときわ上等そうな身なりをしており、目つきが鋭い。

「あれが、胴元やな」

傍らの五位女が低い声で言うのを、帰蝶は聞いた。

胴元の傍らにいた坊主頭の大男が、扇屋の肩をぐいとつかんだ。

「ま、待ってくれ」

扇屋が引きずられながら、必死に頼み込む。

「すぐに殺すわけやあらへん。まずは指一本くらい、おたくの店へ送らせてもらいまひょか。そんで、店のもんが金を届けてくれりゃよし……」

胴元があざけるように言った。

「あたしは入り婿なんや。あたしのために金なんぞ出さへんっ！」

扇屋が悲鳴のような声を出した。

「ほんなら、それでかまわん。約束通り体で払《はろ》うてもらいまひょ」

「ちょいと！」

その時、きよが声を放った。凛とした声が鉄火場中に響き渡った。

「お前さんら、この男の肉を食《くら》って、血を啜《すす》ろうっていうのかい。気色の悪い連中だねえ。南蛮人たちの中には、そういうのがいるって噂も聞くけどさ」

「俺たちが血を啜ったりするわけあらへんやろ！　こないむさくるしい男の血や肉なんざ！」

大男が歯をむいて怒鳴り返す。

「だったら、何のために血肉を採ろうっていうんだい」

「この男に貸した金の形《かた》や。ま、女子《おなご》なら身売りでもしてもらうとこやけど、こないおっさんやさかいなあ。おお、あねさんが代わりに身売りしてくれたってええんですぜ。なあ、野郎ども」

大男が仲間たちに向かってあざ笑うように言う。胴元は黙って冷笑を浮かべていた。

「そりゃええなあ。あねさんみたいな別嬪《べっぴん》はんなら、何も外で身売りせんでもええ。俺たちが遊ばせてもらいまひょ」

そうや、そうやと、男たちがはやし立てる。

当のきよは平然としていた。

そして、男たちを尻目に、前に落ちかかってきた髪を、はらりと右手で払った。それまで髪で隠されていたきよの右肩が露《あらわ》になる。まぶしいほどに白い肌が、男たちの脂ぎった眼差しの前に惜しげもなくさらされた。

男たちはごくりと生唾を飲み込んだ。きよをはやし立てる声はすでに消えている。

「このおきよさんをよくも見くびってくれたもんだねえ」

きよは大男の顔をきっと見据えて、凄艶な微笑を浮かべてみせた。

「いいかい、あたしは惚れた男の前でしか帯は解《ほど》かないし、滅多な男にゃ惚れないんだよ」

「へんっ、大口を叩きはる。たった一人で鉄火場に乗り込み、無事に正面から出られるとでも思うてはるんかい」

胴元の後ろにいた狐目《きつねめ》の男が、負け惜しみのように言い返した。だが、胴元も大男も、その他の男たちも狐目に同調することはなかった。鉄火場中がきよの威勢に圧倒されている。

「もちろん、正面の戸口から出て行かせてもらうさ。あたしはね、お前さんらと話し合いに来たんだよ。扇屋には貸しがある。あたしだって、お前さんらと同じく金を返してもらいたいのさ」

「ほな、どないしようと言うんやね」

その時ようやく、胴元が口を開いた。毒気を抜かれたような声であった。

「まずは、この男が金を借りる時に作った証文を扇屋の女将さんに見せる。その上で、女将さんが払う算段をしてくれるならよし、この男との養子縁組を取り消すって始末になるなら、扇屋には手を出さない。この男の実家は伊勢で手広く旅籠《はたご》をしているんだ。そっちに話を通させてもらう」

「ちょ、ちょいと、あたしの実家のことなんて――」

扇屋が黙っていられないといった様子で口を挟んだ。

「あんたのことは金を貸した時から、調べさせてもらってる。だけど、すぐに五両もの金を払えというのは酷な話だ。お前さんらも利ざやを取る代わりに、返す日にちは余裕をもって延ばしてあげるんだね。そうすれば、扇屋の女将さんだって、払うと言ってくれるかもしれない」

きよが口を閉ざすと、もう誰も口を開こうとはしなかった。しばらくの間、鉄火場はしんと静まり返っていた。

「ええやろ」

ややあってから、胴元がおもむろに言った。

「扇屋に新たな証文を書かせる。あねさんの言うように、扇屋の女将と話し合いまひょ。せやけど、女将とやり取りするのはあねさんや。俺たちでは信用されへんさかいな。けど、その前に、あねさんが扇屋と組んでるわけやないちゅう証を見せてほしい。それはどないする」

「その話は、このあたしにさせてもらいまひょ」

その時、帰蝶の傍らにいた五位女が、不意に声を張り上げて言った。

鉄火場中の男たちの眼差しが、戸口の隙間に注がれる。

五位女は連れて来た用心棒たちが、ぐいと開けた戸をくぐり抜けて、鉄火場の中へ歩み出した。

太り肉《じし》で大柄の五位女が動くと、まるで小山が移動したように見える。扇屋を引っ立てようとした大男に相対しても、決して見劣りしなかった。

「五位女さん！」

きよがたちまち笑顔を見せた。

「待たせてしもたねえ、きよ。ちょいと早う来たさかい、今のやり取りはすべて聞かせてもろた」

五位女はきよに向かって言い、それから鉄火場に並み居るならず者たちに、じろりと目を向けた。

落《お》ち窪《くぼ》んだ目の光は異様に鋭い。男たちの中には、五位女に睨まれ、目をそらしてしまう者さえいた。

五位女の眼差しは男たちをぐるりと睨《ね》め回し、最後に胴元の上で止まった。

「あたしのことは知ってるかね」

五位女は男のような太い声で訊いた。

「へえ。お目にかかるんは初めてどすが、五位女と呼ばれるからには、帯座の座頭はんでございまひょ」

胴元は苦いものでも嚙んだような表情で、口先だけは丁重に言った。

「ほな、あたしの後見人が公家の久我《こが》さまだってことも知ってはるね。おたくらがご禁制を破ってることを久我さまのお耳に入れるのは容易いことや。けど、それを勘弁してやる代わり、あたしの妹分の頼みを聞いてやっておくれでないかね。この女商人の身元はあたしが証し立てするし、取り決めの後ろ盾にもなりまひょ」

「そりゃもう、五位女はんがそないおっしゃってくださるんなら……」

胴元が慇懃《いんぎん》に言う。

「扇屋もええな。あんたは鉄火場で擦《す》ったのと、きよに借りた金をきれいに返すのや」

「……へ、へえ」

五位女の威厳に圧《お》されて、扇屋は思わず首を縦に振ったものの、どうも釈然としない目つきをしていた。五位女はそれを見逃さなかった。

「あんたなあ、きよとあたしの口出しが気に入らないんなら、この場で断ってくれてもええのやで。あんたは、この男たちがいかさまをやってた証を示せるんか。それとも、お上《かみ》に訴え出るかね。まあ、好きにしてくれてええのやけど」

「いいえ、滅相もない。五位女はんのお指図にありがたく従わせてもらいます」

扇屋は平身低頭して言った。

「ほな、扇屋には新たな借用証文を書いてもらうよ」

胴元が言うと、大男が再び扇屋の肩をつかんだ。扇屋も今度はおとなしく、奥の部屋へと連れて行かれた。

「借用証文は後できよの店から、あたしの店へ回しておくれ。あたしが目を通した上、名前を書かせてもらいますよって」

五位女の言葉に、胴元も承知し、一件落着となった。

大男は扇屋を引き連れて、さらに奥の部屋へ行き、他の者たちは再び博打《ばくち》を始めるらしい。

五位女ときよもまた、用心棒たちを引き連れて帰ることになった。鉄火場との間の戸をくぐり抜けると、そこにはまだ緊張した様子の帰蝶がいた。

「よくやっておくれだったね」

帰蝶をねぎらうように言い、きよは微笑みかけた。

「きよ殿、よくご無事で……。私はもうただ無我夢中で――」

上の空のように言う帰蝶の肩を抱いて、きよは表の戸から外へ出た。

ここへ来た時はまだ真昼であったが、今はもう夕暮れ時である。その淡い黄昏《たそがれ》の光の下で、五位女はしげしげと、きよと帰蝶の二人を見つめた。

「にしても、あんたらはよう似てはるなあ」

感心した様子で言う。

「美濃屋の使いや言うさかい、中へ通したんやけど……。初めはきよが来たと思うたのや。けど、口の利き方がいつもと違うさかい、面食らっちまってねえ」

これで、姉妹でも親戚でもないちゅうさかい、驚いたの何の――と、五位女はからからと笑った。

「あたしの妹分なんですよ。あたしが五位女さんの妹分であるみたいにね」

きよが五位女に向かって、にっこりと笑いかけた。その笑顔を見やりながら、五位女はわざとらしく溜息を吐いてみせる。

「にしても、あないくだらん男を助けてやるとは、きよもお人よしや」

「あら、あたしはあの男に死なれちゃ、貸した金が取り戻せないから、交渉してやっただけですよ。一銭にもならない人助けなんて、するもんですか」

きよがしゃあしゃあと言う。

五位女が声を立てて笑い出した。帰蝶も微笑んだ。

きよも明るい声を上げて笑っている。その笑顔を見ていると、どういうわけか、帰蝶は妙に懐かしいような気持ちになった。

五

「帰蝶さん、あたしのこと、怒ってる？」

その日の夜、おみのが帰蝶の部屋へやって来て、申し訳なさそうに尋ねた。

「いいえ」

帰蝶は素直に首を横に振った。

「むしろ、ありがたかったと思っています。おみの殿のお蔭で、私は目が覚めましたもの」

帰蝶は言い、ふと思いついて、おみのに尋ねてみる気になった。

「そういえば、おみの殿は帯座の座頭である五位女さんを、ご存じですか」

「五位女さんを知らない京女なんて、いないわ」

帰蝶がなぜその話を訊きたがるのかということには疑問を持たず、おみのは自分から話し始めた。

「女商人たちの憧れなのよ、五位女さんは——。母さんはその五位女さんから妹分って思われてるの」

おみのは誇らしげに言う。帰蝶は黙ってうなずいた。

「母さんね、京へ来たばかりの頃、五位女さんから商いを教えてもらおうとして、お店へ行ったの。そうしたら、まずは身売りして、その金を五位女さんに払えって言われたんだって」

「ええっ！」

「女の商人なんて、皆、そんなものよ。でも、母さんは身売りはしなかった。五位女さんのお店で働くことはあきらめて、大原女に交じって行商するようになったの。でも、そのせいでずいぶん嫌がらせも受けたみたい。それでも、へこたれなかったから、かえって五位女さんの心意気に適ったっていうわけ。その意地っ張りなところが気に入ったって、その後は五位女さんから目をかけてもらえるようになったのよ」

苦労をしたとは、きよからもおみのからも聞いていたが、その実態を自分は少しも分かっていなかったと、帰蝶は思った。鉄火場のならず者たちを前にして、少しも怯まなかったあの度胸は、その頃身につけたものなのだろう。若い頃のきよは、おそらくあのようなならず者たちに絡まれることも多かったに違いない。そうした修羅場をくぐり抜けて、今のきよがある。

「母さんね、あれで優しいところもあるのよ。母さんを誤解しないで」

鉄火場での一件を知らないおみのは、そんなふうに言った。

「きよ殿のお優しさはよく分かっています。私のしたことこそ、優しさなどではなかったのだと、今では分かっているのですから」

「母さんね、お金にはうるさいけれど、一文惜しみする人じゃないのよ。前に、髪を売りにきたお客さんに、質草を取らないで、お金を貸してあげたこともあったの」

「そうでしたか」

「金貸しが悪いことをしてるみたいに言われることもあるけれど、あたしは本当に悪いのは世の中だと思う。大名衆は自分の領地のことしか考えてない。そりゃあ、自分の国の領民は大事にするかもしれないけど、それだって戦のない時だけ。自分の立場が危うくなれば、領民のことなんて、真っ先に忘れるんだ」

怒ったふうな口ぶりで言うおみのの言葉に、帰蝶は道三や信長のことを思い出して悲しくなった。

「誰かがこの乱世を治めてくれないとだめだって、母さんは言ってる。自分が男なら、そうしていただろうって」

「きよ殿の言いそうなことね」

と、帰蝶は言い、おみのと顔を見合わせて笑い出した。

——乱世を治める。

きよは商いのことだけではない、それ以外のことでも、自分の見ていない大きな世の中を見ていると思った。そして、その言葉を胸に置いてみた時、

(殿……)

金華山を岐山と呼ぼうと言った信長のことが、思い出された。

(私は殿のことを、いつしか野望だけで動く男に成り果てたと思っていたけれど……)

そして、自分はその野望のために利用されただけだと思い込んでいた。

だが、もしも——。

(殿が、世のために天下を治めようとお思いになっていたのだとしたら——)

自分は信長のことを、完全に誤解していたのではなかったか。

そして、その誤解の根本に、信長が側室を持ったことがあったとすれば、自分はただ嫉妬に狂って、目を曇らせただけの女に成り下がる。

（私は……自分で思っている以上にずっと、浅はかな女なのかもしれない……）

信長は今、どうしているだろう――稲葉山城を出て初めて、帰蝶は夫を懐かしく思い出した。

稲葉山城を後にしてから、ふた月余りが過ぎ去っていた。

八章　天下布武

一

信長が再び上洛を果たしたのは、永禄十一（一五六八）年九月のことであった。将軍後継者である足利義昭《よしあき》を奉じての入洛である。

この時、信長に従う家臣団の中に、明智光秀もいた。

光秀はこの少し前、それまで越前朝倉《あさくら》氏に庇護《ひご》されていた義昭を連れ、美濃の岐阜城（稲葉山城）にいる信長を訪ねたのである。

十三代将軍だった兄義輝が松永久秀や三好三人衆に殺された時、自らも京を脱け出さざるを得なかった義昭は、上洛を強く望んでいた。そして、三好三人衆らに推されて十四代将軍を名乗る義栄《よしひで》を廃し、自ら十五代将軍となるべく、その後見役となってくれる大名を探していた。

もともとは越前の朝倉義景《よしかげ》にそれを期待していたが、義景にその意志がないと見限って、信長を頼ったのである。信長は義昭の意志を受け容れ、数ヶ月も経ずに上洛の約束を果たした。

光秀は今では、将軍義昭と信長をつなぐ役目を務めている。

帰蝶はこの話を耳にはしたが、あえて信長にも光秀にも、会いに行こうとはしなかった。信長が光秀について知らせてくることもなかった。

信長を「御父《おんちち》」と呼ぶ義昭が将軍に就任すると、信長は京と美濃を行き来するようになった。しかし、信長が幕府再建に熱心でないばかりか将軍の権威を殺ごうとするのに気づいた義昭は、やがて信長に反撥するようになる。翌年には、早くも両者の仲は険悪になっていた。

元亀《げんき》二（一五七一）年には、それがついに表面化し、「信長を討て」という将軍義昭の御教書《みぎょうしょ》が、各地へ下された。これに応じたのが、かつて義昭を保護していた朝倉義景、信長の妹お市の夫である浅井長政、甲斐《かい》の武田信玄《たけだしんげん》に加え、本願寺、比叡山延暦寺《ひえいざんえんりやくじ》といった一大勢力である。

そして、この年の九月、劣勢に立たされていた信長は、思いきった挙に出た。

比叡山焼き討ちである。

延暦寺の堂塔に火を放ち、僧侶、学僧をはじめ、女や子供まで、逃げ惑う者の首をことごとく刎《は》ねた。

「信長公は鬼や」

「魔物が人の形をしているのやないか」

比叡山は都の鬼門を守る霊山である。鎮護国家を謳《うた》う延暦寺は政《まつりごと》に口を挟み、世を混乱させることもあったが、それでも都人にとって信仰の対象であった。その延暦寺の僧侶たちを焼き殺したとは、信じがたい暴挙であった。

信長に対する京の町衆の評判は、地に墜《お》ちた。

この時、天台座主《てんだいざす》の覚恕法親王《かくじよほつしんのう》が甲斐へ逃れたこともあり、元亀三年十月、ついに武田信玄が上洛の途に就いた。十二月には、信長の同盟者である徳川家康を、三方ヶ原《みかたがはら》に攻めて討ち破っている。

それでも、信長には天運が味方していた。

翌元亀四年四月、上洛途中の信玄が病死したのである。

信長包囲網は完全に崩され、この年の七月、信長は将軍義昭を京都から追放した。

年号が変わった同じ年の天正《てんしよう》元（一五七三）年九月、信長は妹お市の夫である浅井長政を滅ぼし、お市とその娘たちを自らのもとへ引き取った。その少し前に朝倉義景も滅ぼした信長は、天下の覇道を駆け抜けていくと見えた。

その頃、帰蝶は商いに専念していた。ただ学ぶだけではなく、自分なりの商いがしたいという気持ちも持ち続けている。そんなある日、店の終わった後の暇を見つけて、帰蝶は帳場のきよに相談した。

「端布《はぎれ》を使って、守り袋や匂い袋、髪を結ぶ飾り紐や手ぬぐいなどの小物を作ったらいかがでしょうか」

ふつうなら、どこの家でも端布で自作するような品だが、高級な味わいのあるものを作れば、売り物になるのではないか。そう意見を述べる帰蝶に、きよはおやという目を向けると、

「どうして、そんなことを思いついたんだい」

と、訊いた。

「裁縫の得意だった母が、小物を作ってくれたのを思い出したのです。この守り袋もその一つです」

帰蝶は言い、懐から蝶の刺繍がある守り袋を出して見せた。

「それは……」

きよは少し訝しげな表情をしたが、すぐに気を取り直し、

「ようやく、いっぱしの女商人らしくなってきたじゃないか」

と、めずらしく帰蝶を褒めた。

「まあ、やってみるといいよ」

きよはあっさりと許した。

「帰蝶さん、よかったわね」

先に相談を受けていたらしいおみのが、帰蝶と顔を見合わせて喜んでいる。さっそく売り物の見本を作ろうと、二人は意気揚々と奥へ引き上げて行った。

帰蝶とおみのが行ってしまうと、きよはその場に残っていたおつやを呼び止め、さりげなく尋ねた。

「帰蝶さんの持ってた守り袋ってやつは、ふつう、母親が娘に与えるものなのかい?」

おつやは胸がつぶれるような思いがしたが、表面では動揺を押し殺して、わざと訊き返した。

「どうして、さようなことを——」

「いや、あたしも似たようなのを持ってるからさ。崇福寺の坊さんがくれたもんだと思ってたけど、もしかしたら、あたしを寺に預けた親がくれたもんかもしれないと、ふと思ったものでね」

おつやはうつむいたまま、何も言えなかった。きよはそれを、おつやが自分を気遣ってくれたと思ったらしい。

「別に、あたしを捨てた親ってのを、捜そうなんて思ってやしないよ。ただ、あたしもおみのに守り袋を作ってやろうかなって思ってさ」

おきよは気軽に言い捨てると、帳場を立った。

(誰よりも明るく強いおきよさまでも、親御さまを恋しいと思われることがおありなのだ)

考えてみれば当たり前のことだ。それでも、きよはたった一人で、弱音も吐かずにこの世を生き抜いてきた。おそらく、誰にも親への恋しさなどを打ち明けたことはなかったのだろう。

(おきよさま……)

きよに真実を告げられないことが、おつやには身を切り刻まれるようにつらくてならなかった。

二

帰蝶の提案で始めた新しい商いは、大きな利益にはならないものの、裕福な若い京娘たちの人気を集め、そこそこの成功を収めた。それで、天正元年には、帰蝶が美濃屋を暖簾分けしてもらって、新しい店を五条に構える運びとなった。

もともとの美濃屋は、その権利のすべてをおみのが引き継いでいる。今では公家、武家を問わず、きよの頃よりも大きな商いを行っていた。おみのの営む美濃屋は四条に場所を移し、使用人も五、六人は雇っている。

一方、きよは七条で金貸しにだけ専念していた。時折は、四条のおみの、五条の帰蝶の店へも立ち寄り、商いの相談に乗ることもある。

帰蝶が信長との再会を果たしたのは、それから一年を経た天正二年三月のことであった。

帰蝶が稲葉山城を出てから、七年近くの歳月が流れていた。信長は四十一歳、従三位《じゅさんみ》参議《さんぎ》に昇り、帰蝶は四十路《よそじ》を迎えている。

その日、信長は供回りの近習を何人か連れてはいたものの、何の前触れもなく、五条の帰蝶の店の前に立った。

「たのもう、たのもう」

大仰な呼び出しの声に、おつやが店の外に出てみると、目の前にいるのはどこかの大名衆らしい派手な一行であった。主人らしい男は、黒地に黄金の縫い取りをした羽織の上に、異国風の真紅の洋套《ようとう》を着けている。その格好に度肝を抜かれたおつやは、男の顔をよく見なかった。

こういう金回りのよさそうな客は、おみのの営む四条の店へ回すことになっている。そこで、帰蝶を呼んで来るべく、

「少々、お待ちくださいませ」

と言って、おつやは店の中へ舞い戻ろうとした。すると、その時、

「おつやではないか。そちも老けたものよな」

からかうような声が、男たちの中から聞こえてきたのだった。

少し甲高いその声には聞き覚えがあった。おつやが恐るおそる、洋套の男の顔を見上げてみれば――。

「殿さまっ！　お殿さまではございませぬか」

そこにいたのは、信長であった。鼻の下に髭を少しだけ生やし、昔よりも貫禄のある風貌を備えている。

「ひ、姫さまっ！　姫さまー！」

おつやは腰を抜かしそうになりながらも、脱兎《だつと》のような勢いで、店の中へ駆け戻って行った。

「何だ、まだ姫さまなんぞと呼ばれておるのか。もうさような齢でもあるまいに……」

そう言いながら、信長は自分一人だけ、おつやの後に続いて店の暖簾をくぐった。

帰蝶は帳場に座っていた。外の声に事情を察していたとはいえ、眼前の信長の姿には夢でも見ているようで、すぐには声も出てこない。

「いや、そなたは変わっておらぬな。昔のままだ」

帰蝶の姿を見出すなり、信長は驚いたふうに声を発した。

「殿の方こそ、昔とお変わりもなく。知らせもなく急にお訪ねくださるなど、人並み外れたことをなさいます」

ようやく少しだけ落ち着きを取り戻した帰蝶が言い返すと、信長は声を立てて笑い出した。

「凡俗や先例ほど、俺が嫌いなものはない。そなたならば、よく知っていよう」

「もちろんよく存じております」

ようやく落ち着きを取り戻した帰蝶は、澄まして答えた。そして、同時に不思議にも思っていた。稲葉山城を出てから七年近くにもなるというのに、まるで昨日まで共に暮らしていた夫婦と少しも変わらぬような会話ができるのは、どうしてなのか、と——。

「とにかく中へお上がりいただきとう存じますが、ご近習の方々をお上げできるような広い座敷がございませぬ。何人ほどお連れでございますか」

帰蝶が問うと、

「十人ばかりだが、あやつらが一緒では落ち着くまい。一人、二人外に残して、あとは一刻《ひととき》ばかり京見物でもさせておこう」

信長はそう言うなり、さっさと踵を返して、指図をしに店の外へ戻りかけた。が、ふと思い出したように、足を止めると、

「信忠《のぶただ》が共に参っておる。あやつだけは、座敷に上げてやってほしいが……」

と、帰蝶に目を戻して言った。

「信忠殿とは、先年、ご元服なされた奇妙丸殿のことにございますな」

帰蝶が稲葉山城を去った時、まだ十一歳の少年だった奇妙丸は、一年前の天正元年には初陣も果たした。今や十八歳の武将に成長している。

「もちろんでございます」

帰蝶は嬉しげな笑顔を浮かべて言い、信長と信忠のための席を奥の座敷に用意するよう、傍らのおつやに申しつけた。

「お久しぶりでございます、母上」

信忠は座敷へ上がってから、帰蝶の前に手をついて、礼儀正しく挨拶した。同じ年の頃、周囲の目に反撥するように傾いていた信長より、ずっとすがすがしく好感が持てる。信長のような奇男子ではないが、その跡を継ぐ者として頼もしげに見えると、帰蝶は思った。

「勝手に家を出て、もう何年もそなたたちを放っておいた私ですのに、母と呼んでくれてありがたいことです」

帰蝶は素直な気持ちで礼を述べた。

幼い頃の奇妙丸が、自分のことを屈託もなく母上と呼ぶことに、むしろ抵抗を覚えた帰蝶だが、それが信忠のまっすぐな人柄なのだと思うことが、今はできる。

「離れてお暮らしになろうとも、母上は父上のご正室ではございませんか。私どもは、そう思っていてよいのでございましょう?」

信忠は眼差しに少し翳りを見せながら、帰蝶の顔色をうかがうようにした。

帰蝶の家出が父との離縁を意味するのかどうか、気がかりに思っているのだろう。信長が息子たちに、事情をくわしく説明しているとは考えられない。

「私はそのつもりでおります。もちろん、殿がお許しくださるのであれば、ですが」

帰蝶が答えて、信長の方をうかがうと、

「許すも、許さぬもないわ」

と、信長は二人の方を見ず、不機嫌そうに言った。

「母上には、岐阜へお戻りになっていただけないのでしょうか」

信長の言いにくいことを代弁するため連れて来られたというふうに、信忠は律儀な口ぶりで尋ねる。

「岐阜……ああ、井口のことでございますね」

帰蝶は懐かしさに目を細めて呟いた。

「そういえば、殿のお考えにより、金華山は岐山と名を改められたのでございましたな」

「それが……岐山の方はなかなか根付かなかったのです。やはり、人々は金華山という名称に愛着を持っていたのでございましょう。されど、城下町は井口から岐阜と改められ、今では皆、こちらの名を使っております。岐阜は変わりました。活気もございます。ぜひ母上にそれをお見せしとうございます」

信忠は信長の代弁というだけではないような、熱心な口ぶりで言った。そう言われると、帰蝶も岐阜の城下町を見てみたくなる。その時、

「俺はいずれ、京の近くに新しい城を築くつもりだ」

と、不意に信長が口を挟んだ。

「えっ、岐阜城はどうなさるのでございますか」

信忠もその話を聞いたのは初めてだったらしく、驚いた表情を浮かべている。

「岐阜は、そなたに譲ってやるわ」

まるで古着を譲ってやるとでもいうような口調で、信長は言う。平然とした信長と、茫然としている信忠を前に、帰蝶はおかしくなって忍び笑いを漏らした。

「父上の頭の中は、常人の考えつかぬ引き出しがいくつもあるようです。それが突然、前触れもなく開くのですから、そなたも苦労するでしょう。でも、お慣れにならなければいけませんよ」

信忠に同情しつつ、帰蝶がなおも笑っていると、

「ついては、この者をそなたの猶子にしてほしい」

と、信長はやはり唐突に言い出した。

帰蝶は、美濃におけるかつての城主斎藤道三の娘であり、土岐氏の流れを汲む明智の血をも引いている。信忠が岐阜城主となるに当たり、帰蝶の子であることの意味は大きい。

「承知いたしました」

かつてこの申し出を拒絶したことはおくびにも出さず、帰蝶は即座にうなずいた。信忠は、前に信長が同じ話を帰蝶に持ちかけたことを知らないだろう。知らなくていいと、帰蝶は思う。このまっすぐな性情の息子には、帰蝶の胸にあった苦悩や逡巡《しゅんじゅん》を知らせたくなかった。

「本来ならば、北畠具豊《きたばたけともとよ》殿（茶筅丸、後の信雄《のぶかつ》）も徳姫も、私の猶子にしたいところですが……。徳姫は嫁いだ身でございますし、具豊殿も他家へ養子に行かれた身でございますから」

帰蝶の言葉に信長もうなずいた。いや、具豊が養子に行っていなくとも、この次男を帰蝶の猶子とすることに、信長は同意しなかったに違いない。嫡男とそれ以外の息子とを厳格に分けるのは、自分が弟信行との間に味わった悲哀を、息子たちに味わわせたくないからだと、帰蝶には分かる。

「母上が岐阜にしばらく来られないならば、ぜひともこれをお納めいただきとう存じます」

信忠がそう言って、自らの背に隠していたものを前に差し出した。台盤くらいの大きさの四角いものが、すっぽりと布で覆われている。

信忠はそれを丁重に帰蝶の前に置き直すと、おもむろに布を取り払った。

「まあ……」

中から現れたのは、竹で編んだ虫籠であった。黄金色の蝶と大紫蝶が一匹ずつ、籠の中を飛び交っている。

「岐阜城の近くでつかまえさせた、岐山の蝶でございます。母上は蝶がお好きであったと、明智殿が申しておられましたから……」

「明智……？」

帰蝶が聞き咎めると、

「あっ、明智光秀殿のことでございます。かつては将軍の直参《じきさん》でしたが、今は父上の家臣となられました。確か、母上とはご血縁だとか」

と、信忠が答えた。

「ええ、従兄です。そう、十兵衛殿がいるのですか。話には聞いておりましたけれど、懐かしいこと」

帰蝶は呟くように言い、しばしの間、遠い日々に思いを馳せた。それから、

「信忠殿、ありがとう。でも、いつまでも閉じ込めておいては哀れですから、しばらく

したら、放してやりましょう」

と、信忠に目を向けて告げた。すると、今度は信長が、

「これを忘れていた」

と、思い出したように言って、懐の中から紙包みを取り出した。それを、信長は無造作に帰蝶の膝の前に投げ出した。

「何でございますか」

「俺からの土産だ」

帰蝶の問いかけにも、信長は無造作に答えた。

「まあ」

帰蝶は嬉しげに言い、取り上げて紙の包みを解きにかかった。手にした時からもう、えも言われぬ芳香が漂ってくる。紙の上から触った様子からして、香木であろうか。

そう思いながら紙包みを開くと、中からは案の定、焦げ茶というより黒に近い色の木片が出てきた。

「これは見事な……」

ふくよかな甘い香りとすがすがしさが溶け合っている。酔うほどの豊潤さを漂わせる一方で、清冽《せいれつ》な厳しさをも感じさせるその香木は、薫《た》いてみるまでもなく名香であることが分かった。

「手に入れにくいものなのではありませぬか」

帰蝶が香木の香りを吸い込んでから言うと、

「まあな。勅許を得るのに、少々時間がかかったが……」

と、信長は平然と答えた。

「えっ、勅許……」

帰蝶は愕然とする。思わず取り落としそうになった香木の欠片《かけら》を、慌てて持ち直した。勅許とは、帝《みかど》の許しである。とすれば、この香木は帝の許しがなければ、手に入れられないほど貴重な香木だというのか。

「東大寺正倉院《しょうそういん》の宝物、蘭奢待《らんじゃたい》というそうだ」

「蘭奢待……」

帰蝶はそれ以上、どう言えばよいのか、言葉が浮かばなかった。帝個人が使用するさえ憚られる国の宝ではないか。それを強引に差し出させ、こんなにも無造作に女にやってしまうとは——。

（殿は……どうかなさってしまったのか）

昔から、因襲にとらわれない信長を、帰蝶は理解しているつもりだった。常識に外れた行いに眉をひそめられることがあっても、帰蝶がそのことで、信長に意見したことはない。

だが、蘭奢待を切り取るのは、常識云々《うんぬん》では片付けられぬ横暴である。信長は権勢を手にした途端、本性を露にしたと、後の世の人から非難されるに違いない。

（そういえば、殿は、お市殿の夫浅井長政殿とその父久政《ひさまさ》殿の頭《こうべ》を箔濃《はくだみ》にして、酒を飲んだとも聞いている）

妹の夫でありながら、信長を裏切った長政への恨みは深かったに違いない。だが、だからといって、頭蓋を漆で固めて金泥《きんでい》を塗り、それを肴《さかな》に酒を飲むとは度が過ぎている。お市とて、兄のそんな仕打ちをどんな思いで聞いていたか。

――この蘭奢待はいただけませぬ。

思いきってそう言おうとした時であった。帰蝶は強い眼差しを感じて、ふとそちらへ目を向けた。信忠が、何かを訴えるような必死の眼差しを向けてきている。

――どうか何も言わず、それをお受け取りください。

信忠の目はそう言っていた。

――それが母上を想う父上の、精一杯の志なのです。父上にはそのようにしてしか、お心を伝えることができないのです。

その信忠の声を聞いてしまった時、帰蝶は続く言葉が出てこなかった。

「どうした、気に入らぬのか」

信長の声にかすかではあるが、苛立ちが混じっていた。

「いえ……とんでもないことでございます。あまりに貴重なお品に、ただ言葉もなく」

帰蝶はそう言って、目を伏せた。

「そうか。それはよかった」

信長は機嫌を直し、満足そうに言った。

目を上げた帰蝶がちらと見やると、信忠は目を合わせているのがつらそうに下を向いてしまった。

三

信長と信忠が帰ってから、蘭奢待の欠片は紙に包んだまま、文机《ふづくえ》の上に置かれている。帰蝶はもう、香木を薫くのはおろか、手を触れる気にもなれなかった。

もしこれが蘭奢待などでなく、ふつうの香木であったなら、どれほど嬉しかったことだろう。

信長は本当に変わってしまったのだろうか。

比叡山の焼き討ち以来、京の人々が鬼と呼んで恐れている信長が、実は真の信長なのか。昔、帰蝶の鼓に合わせて、幸若舞を舞ってくれた信長は、もうどこにもいないのか。

心がかき乱されて、落ち着かない。

だが、帰蝶の心に小波《さざなみ》が立つのは、信長のせいばかりでもなかった。

——母上は蝶がお好きであったと、明智殿が申しておられましたから……。

光秀の名を聞いたことも、帰蝶の胸を騒がせる一因となっている。

信長を想い、その無事を祈り、おそらく誰にも理解されることのない孤独を哀れに思うのとは、別の気持ちだった。

信長との再会が七年ぶりだったのとは、比べものにならないほどの長い年月、光秀と帰蝶は別々の人生を歩んできた。稲葉山城で別れたのは、帰蝶が十五歳の年であったから、それから実に二十五年の歳月が流れている。

信長たちが帰った後はずっと、帰蝶は縁側に腰を下ろして、店の裏手にある小さな庭を眺めていた。傍らには、信忠から贈られた虫籠が置かれている。中を飛び交っていた蝶たちは、信忠が持ってきた時より、勢いをなくしてしまったようだ。信忠はなかなかまめな性質なのか、中に草花を少し移し植えてあったが、いつまでも、それだけで蝶が生き延びられるはずがない。

春の終わり、帰蝶の家の裏庭には、散りかけの藤に、まだ何とか見られるほどの花房が残っている。少し離れた場所には、菖蒲《しょうぶ》の花々が美しく咲き誇っていた。

ふと風の冷たさを肌に感じて、帰蝶は空を仰いだ。

雲ひとつなく晴れ渡っていた青空は、いつの間にか、いかにも春宵にふさわしい淡い紫色に煙っている。

（十兵衛殿……）

帰蝶は不意に、金華山で光秀と共に見た夕陽を思い出していた。長良川の小波に光の弾《はじ》ける光景も、昨日見たようにくっきりと思い出された。

「ああ、お前たちもどんなに帰りたいことでしょうね」

と言い、帰蝶は信忠から譲られた虫籠の蓋を、何の躊躇いもなく外してやった。二匹の蝶は自由の身になったことに気づかぬらしく、なおも籠の中だけを飛び回っていたが、

「さあ、もうどこへでも飛んでお行き」

帰蝶が静かに手を差し入れると、蝶は慌てふためいた様子で籠から飛び出して来た。それでも、しばらくは迷うように帰蝶の周辺を飛び回っていたが、やがて、木戸へ向かって飛んで行く。

ともすれば淡い闇に溶け入ってしまいそうな大紫蝶と、黄昏の空に浮かび上がる黄金色の蝶。その翅の動きを追いかけて、帰蝶は目を木戸の方に転じた。

折しも、竹の木戸がぎいっと音を立てて開いた。向こう側から地面を這う長い影が一つ、こちらへ向かって進んでくる。

蝶たちはまるでそれが合図であったかのように、木戸の向こう側へ飛び去って行った。

「十兵衛殿……」

紫に霞《かす》んだ淡い残照の中で、帰蝶は二十五年ぶりに会った従兄の姿を、すぐにそれと

見分けていた。

細かいところの見えにくい頃合いだからこそ、人柄や人品といったものがかえって際立つ。他の男からは——信長からでさえ感じることのできない慕わしさを、帰蝶は覚えた。

あまりの懐かしさに衝き動かされて、帰蝶は光秀のそばへ駆け寄っていた。

「若殿がこちらのことを、お教えくださいましたので」

光秀は昔のように低く落ち着きのある声で挨拶した。数日ぶりに会ったとでもいうような自然さであった。

「上さまもこちらをお訪ねしたというので、それならば、私がお訪ねしても許されるかと思い、かくして参った次第でございます」

「まことに、お懐かしゅう存じます」

帰蝶はやっとのことで、それだけ言った。想いはあふれてくるのだが、それはどれもうまく言葉を結ばなかった。帰蝶はただ、光秀の顔をじっと見つめていた。

「表でお声をかけたのですが、ご返事がなかったので、裏より失礼してしまいました。お考えごとの邪魔をしてしまったのではありませんか」

光秀は優しい声で言う。

中へ上がってつもる話でも——と言いたいところだったが、胸がいっぱいで今は何も

話せそうになかった。だが、このまま帰してしまうのも忍びなくて、

「十兵衛殿は、信長殿をどうお思いになりますか」

と、帰蝶は切り出してみた。今度は、言葉がすらすらと出てきた。

「上さまは、天下を取るお方にございます。そして、広い世の中、どこを探しても、上さまの代わりとなれる者はおりませぬ」

光秀は生真面目な口ぶりで、真摯に答えた。本心からそう思っていることは明らかだった。帰蝶はうなずき、波立っていた心が少し落ち着いたような気がした。

「私もそう思います。そして、あの方の破天荒な行動や、呵責《かしやく》なき態度が、今の世を治めるのに必要だということも分かるのですが……」

帰蝶は少し躊躇うように口を閉ざした。光秀は黙って次の言葉を待っている。

「あの方はずるさや弱さ、そして、醜さや愚かさが許せない人なのです。ですが、人はもともと弱くてずるい生きものでしょう。私は城を出て初めて、そのことに気がつきました。でも、信長殿はお気づきではない……」

「上さまの、悪いお話を耳になさったのですね」

光秀はそのいちいちを挙げることはせずに、ただそういうふうにだけ言った。声の調子は少し沈んでいた。

「それでも、姫さまは上さまを信じて差し上げてください。上さまが苛烈な仕打ちをな

さった相手は、いずれも姫さまがおっしゃるように、ずるくて愚かな人々なのです」

比叡山の僧侶たちも、足利義昭も浅井長政も、そして、京の帝でさえ、信長からすれば、ずるいか愚かか、あるいは弱く映るのだろう。

「今はまだ、天下布武が完全に成っておりませぬ。それゆえ、上さまは苛烈な行いも必要とお考えなのでしょう。たとえ悪名をこうむったとしても――」

「十兵衛殿……」

「この世で偉業を成し遂げるお方には、悪名が付きまとうものでございます。それはご理解ください」

「そうですね」

帰蝶は少女の頃のように、こくりと素直にうなずいてみせた。

「十兵衛殿のお言葉を信じることにいたします」

淡い紫色だった夕空はすでに、濃い藍色に染まっている。もう間もなく、互いの顔のつくりさえ、くっきりとは見定められなくなるだろう。その淡い闇が帰蝶を不意に大胆にしたのかもしれない。

帰蝶は光秀の右手を、両手ですくい取った。

「十兵衛殿の手はこんなふうだったのですね」

光秀が手を引くのを許そうとせず、帰蝶はそのまま光秀の手を、自らの頰まで持っていってささやいた。

「この細くて長い指で、横笛をいつも奏でていらっしゃったのですね」

光秀は手を取られたまま黙り込んでいた。その顔に、どんな表情が浮かんでいるのか、もはやしかと見極めることはできない。

「また、十兵衛殿の笛をお聴かせいただきとう存じます」

帰蝶が潤んだ声でそう言った時、光秀は初めて、されるがままになっていた右手をそっと引いた。

そして、何も言わずに懐から横笛を取り出すと、静かに口に当てた。

曲の名は、唐楽《とうがく》の「春鶯囀《しゅんおうでん》」——。

古くから伝わるその曲は、当世風ではなかったものの、光秀にはふさわしい曲だと、帰蝶は思っていた。新しいものを好む信長とはまるで違う。

縁側に再び腰を下ろして、光秀の笛に耳を傾けながら、帰蝶はいつしか涙をこぼしていた。

四

五条にある帰蝶の店を出た後、信長は信忠も近習もすべてを宿所の本能寺に返し、自らは一人で七条へ向かった。信忠も近習らも信長を一人にすることに不安を訴えたが、信長は聞き入れなかった。挙句は、不快そうに眉をひそめるので、信忠も近習も最後は引き下がるしかない。

信長が訪ねたのは、七条にある金貸しの店であった。案内も乞わず、暖簾をくぐって中へ入ると、

「俺だ」

と、中へ向かって声を上げた。

店の女主人が出てくると、それへ向かって、

「きよ、長く待たせたな」

と言い、信長はにやりと笑った。

「三郎！」

きよは叫びざま、信長の首にかじりついていく。

その体を、信長はしかと抱き止めていた。

「七年前に果たせなかった約束を、果たしに来たぞ」

信長は力強く言った。

「ああ、夢みたいだね。あんたが忘れないでいてくれたなんてさ」

「夢なものか。俺は今しばらく、この国ですることがあるが、それも間もなく終わるだろう。その後はまず、高麗行きの船に乗る。お前も一緒に行こう」

「あたしと、高麗へ――」

「高麗だけではない。そこから明へ、さらにもっと西の、南蛮人の国へも。船を使えば、どんなに遠くへも行けるはずだ」

「本当に、あんたと二人で、そんな遠い国へ――」

きよは昂奮した口ぶりで言い、信長を奥へといざなった。土間から一段上がった板の間に信長を座らせると、きよは店の暖簾を下ろして、戸も閉めきってしまった。

だが、七年前のように、信長を奥の座敷へ上げようとはしなかった。

それをさして訝しく思うでもなく、信長はきよをじっと見つめ続けた。

やはり、自分にはこの女だと思う。他人との間に感じる、うまく説明のできない隔たりやずれを、この女だけは感じさせない。だから、共に旅立つのは、この女でなければならないのだ。

「船出するのはそう遠い先のことではない。それゆえ、今しばらくだけ待っていてもらえぬか」

きよが草履を脱いで、板の間に上がるのを待って、信長は話の先を続けた。

「あんたの言葉、本当にありがたいと思ってる」

きよは心底から嬉しそうに、微笑を浮かべて言った。

「初めて尾張で会った時、あんたは女を知らなかった。でも、二十年近くが経って再会したあんたは、大事な女に捨てられたばかりだった」

「あの時、お前だって、好きな男がいたと言ったはずだ」

「その通りだよ。あたしはあんたを責めているわけじゃない。だけど、あたしと高麗に行ってしまったら、その女とは二度と逢えなくなる。七年前のあんたは、その女を取り返したいと思っていたはずだ。今はどうなんだい」

「そう思うのなら、お前と高麗に行こうなどとは言わぬ」

「じゃあ、その女以外のあんたの女は、どうするつもりなの」

「どうにかする。海の向こうへ行く時は、お前と二人だけだ」

信長は幾分苦い表情をしながらも、迷いのない口調で言った。

「どうにかするだなんて。女は物じゃないんだよ。古着を捨てるみたいに言わないでおくれ」

きよは少し厳しい声で、教え諭すように言った。

「じゃあ、どうすればいい。俺の女たちにはそれぞれ、頼りにする子供もいる。それなりに、暮らしが立つようにはしてやるつもりだ」

「子供を持たない女は、いないのかい」

信長は黙り込んだ。帰蝶にだけは子がいない。

吉乃の後に迎えた側室たちには、皆それぞれ子があるが、確かに帰蝶にだけは――。

「あんたの言葉は、本当に嬉しかったよ。だけど、今度は初めに言っとく。あたしはあんたとは一緒に行けない」

　きよは曇りのない声で告げた。

「海の向こうに行く時は、あたし一人で行く」

　信長はその言葉を聞いた時、自分の中に怒りが込み上げてこないのを不思議に思った。

　昔からそうだったが、最近では特に、自分の思い通りに事が運ばない時、無性に癇に障る。癇癪を起こして、周囲に怒鳴り散らし、時には手を上げることもあった。

　だが、きよにはこの七年、いや、その前も含めて二十五年間ずっと、心に温めてきた計画をぶち壊されたというのに、腹が立たない。腹が立つより先に、言いようのない悲しみと寂しさが込み上げてくる。

　こういう気分を、自分は帰蝶から昔、稲葉山城の櫓の上で味わわされたのだと、信長は苦く思い出していた。

「俺は……相当に業が深く生まれついているらしい」

「どういう意味なの」

　きよが優しげな眼差しを注ぎながら問う。

「そばにいてほしいと思う女には、いつも縁がない……」

　信長はふてくされた子供のように言った。

きよは七年前の甲板でしたように、信長の手を取って握りしめた。きよの手は温かかった。

「莫迦だね、三郎は」

「男と女ってのは、思うに任せぬものなんだよ。だからこそ、男女の道には味わいがあるんじゃないか」

きよの言葉尻が湿っていることに気づいた時、信長はもう限界だと察した。きよの手を振り払うようにして立ち上がる。

「達者でな、きよ」

きよの方も見ずに言った。

一瞬だけ、もう一度、きよの手の温もりに包まれたいと思ったが、

「はい」

きよはいつになく堅苦しく言っただけで、信長を引き止めようとはしなかった。

信長はそのまま一歩を踏み出した。そのまま進んで行ってしまえば、二度とは戻って来られない。

きよはその場で居住まいを正すと、去って行く信長の背に向かって深々と頭を下げた。

「お別れいたします」

信長は足を止めたが、やはり振り返らなかった。

「織田弾正忠《だんじょうのじょう》信長さま――」

きよの言葉が終わるか終わらぬうちに、信長は歩き出していた。

その肩は息を切らしてでもいるかのように、大きく上下に揺れていた。

九章　夢幻のごとくなり

一

信長の天下統一へ向けての躍進は続いていた。

帰蝶のもとを訪ねた翌年の天正三（一五七五）年五月には、信玄の跡を継いだ武田勝《かつ》頼《より》の軍勢と、三河国長篠設楽ヶ原《ながしのしたらがはら》にて雌雄を決した。

織田、徳川の連合軍は三万八千、武田軍は一万五千――。数の上からも、信長の側が有利に立っていたが、武田には無敵を誇る騎馬隊がある。具足、旗差物などすべてを朱に統一し、槍を手に突撃してくる武田の赤備《あかぞな》えは、信玄亡き後もなお、諸国の大名たちに恐れられていた。

信長はこの時、三千丁の鉄砲をそろえた上、設楽ヶ原に土塁を築いて、馬防柵を敷き、これによって鉄砲隊の足場とした。

鉄砲隊を三隊に分け、弾《たま》ごめによる時間の無駄を省いた三段撃ち戦法は、これまでの戦術を大きく変える作戦であった。これにより、織田、徳川連合軍は大勝利を収めた。信長の嫡男信忠も参戦して功を上げ、この年の十一月、ついに信長から家督を譲られている。

翌天正四年、信長は近江の安土山《あづちやま》に新しい城を築き始めた。これを機に、信長は岐阜から安土へ移り、岐阜城は信忠に譲られることになった。安土城の本丸は、見事な天守を備えたそれまでにない豪壮な天下人《てんかびと》のための城である。

三年後、安土城の天守が完成すると、信長はそちらへ居を移した。

その当時も、帰蝶は京の五条で商いを続けており、信長や信忠は京へ上った際に時折、訪ねて来ている。

だが、光秀はその後、一度も訪ねて来なかった。

この頃の光秀は、すでに近江国滋賀郡に坂本城を築いて城主となっており、天正三年には、朝廷より惟任《これとう》の姓と従五位下日向守《じゆごいのげひゆうがのかみ》の官位官職を賜っていた。信長家臣団の中でも、羽柴《はしば》秀吉と並んで頭角を現している。

帰蝶と光秀が二十五年ぶりの再会を経てから、すでに五年の会わぬ時が続いていた。

(十兵衛殿は、二度と私を訪ねて来ないおつもりなのか)

帰蝶がそう思い始めていた天正七年の暮れのこと——。

何の前触れもなく、光秀はやって来た。

以前と同じように供は一人も連れず、時刻も同じ夕暮れ時であった。ただ、冬のことなので、黄昏の淡い光は瞬く間に闇に押し流されていく。前のように庭で話すというわけにもいかず、帰蝶が座敷へ上がるように勧めると、光秀は素直に従った。

明るい灯火《ともしび》を透かして見る光秀は、憔悴しきった顔をしていた。

「今日は、上さまの家臣としてお願いに上がりました」

と、光秀は威儀を正して、帰蝶の前に頭を下げた。

「殿に、何かあったのですか」

「この年の九月、徳川家のご嫡男信康公がご自害なさったのを、お聞きおよびでございましょう」

帰蝶は黙ってうなずいた。

信康はあの徳姫の夫である。ところが、今川義元の姪築山殿を生母とする信康は、母と共に織田を裏切り、武田方に通じたという。その一件に、家康が絡んでいたのかどうかは不明であったが、徳姫からの知らせに激怒した信長は、家康に築山殿と信康を殺すよう命じた。

家康は抵抗することもならず、正室を殺し、嫡男を自害に追い込んだ。

この時、徳姫が信康の助命のため、信長のもとへ行くと家康に訴えたというが、それは実現しなかった。徳姫はすでに二人の娘の母となっていたが、いずれ織田家へ返されることになるだろう。

「仕方のないこととは思いますが、信康公は徳姫さまのご夫君であり、徳川殿は長年の盟友でもございますれば、この処置はむごいものと思われます」

以前、信長を批判する言葉は何一つ漏らさなかった光秀が、この時は抑えた口調ではあるものの、信長のやり方を非難している。

帰蝶はうなずいた。せめて徳姫の心を推し量る優しさを持ってほしかったと思う。徳姫は織田家のために、夫と義母の裏切りを父に知らせるという、つらい仕事を果たしてくれたではないか。

無論、それは他家へ嫁いだ大名の娘に課せられた役目である。だが、徳姫がどれほど迷い、胸の痛みを感じつつ、その務めを果たしたのか、少しでも考えてくれれば――。

さらに、光秀は続けた。

「安土城に移られてからの上さまは、天下布武の朱印に龍の意匠を凝らすようになられました。これが、どういう意味か、お分かりですか」

「いえ……」

帰蝶は不安をかき立てられながらも、首を横に振った。

すると、光秀はその答えをすぐには言わず、

「安土城の本丸には、御所の清涼殿《せいりようでん》に似せた造りの部屋があるのでございます」

と、続けて言った。

清涼殿とは天皇の居所である。

「その上、この度、出来上がった天守の壁にも、上り龍と下り龍、飛龍や鯱《しゃちほこ》の絵など、三皇五帝《さんこうごてい》にまつわる絵柄が描かれているのでございます」

「三皇五帝……」

それは、唐土の伝説の聖帝をいう言葉である。

帰蝶は岐阜の命名もまた、唐土に倣《なら》ったものであったことを思い出した。岐阜とは、唐土を支配した周の文王が岐山から出たことにより、付けられたものであった。

(殿は、唐土の皇帝になろうとしているのか)

清涼殿に模した部屋とは、そこに帝を遷座させる計画があるのかもしれない。その時、帝の頭上には、天守に座した皇帝信長がいるという寸法になる。

帰蝶の胸に震えが走った。

もし信長の胸にその心積もりが早くからあったのならば、信長にとって、蘭奢待を切り取ることなど、何でもなかったに違いない。

「姫さま」

光秀は帰蝶を、昔と同じ呼び方で呼んだ。

「我々明智氏の者は、土岐家の血を引いております。そして、土岐は清和源氏《せいわげんじ》の血筋にて、源氏は帝をお守りする武家にございまする」

「存じております……」

帰蝶は言った。

だが、うなずきながらも、光秀の言葉の意味するところを、必死に考えていた。

信長が朝廷の敵だと言いたいのか。そして、源氏の血を引く光秀が、信長を諌めなければならないと言っているのか。あるいは、信長がそれを聞き入れぬのであれば、もっと強引な措置を取るということか。

「そこで、御台さまにお願いしたいのです」

再び、光秀は家臣の立場に戻って言った。

「上さまのおそばに戻っていただけないでしょうか」

「しかし、私が戻って、何ができると言うのでしょう」

「あるいは、命を懸けていただくことになるやもしれませぬ。されど、御台さまも明智の血を引く以上、上さまをお止めしなくてはなりませぬ。上さまの御《おん》ためにも、それは御台さまがなさらねばならないことでございます」

「それが……私にしかできぬ生き方だと、十兵衛殿はおっしゃるのでございますか」

帰蝶は震える声で訊いた。

なぜ、今、その言葉が出てくるのか、自分でも分からなかった。

「さようにございます」

光秀は躊躇うことなく、すぐに答えた。

「少なくとも、私はそう思います」

だが、帰蝶は素直にうなずけなかった。

「少し、考えさせていただきとうございます」

自分も、信長に凶暴な征服者になどなってほしくはない。いつかは信長のもとへ戻ることになるという予感もあったし、そうするべきだとも思っていた。

だが、それはこのような形ではなかったはずだ。

破滅への道を突き進む信長を食い止めるため、命を懸けて、そのそばへ戻るというような形では――。

大きな仕事を成し遂げた夫の傍らで、夫をねぎらいながら、共に老いを過ごしていく――そんな未来を、自分は漠然と夢見ていたのだと、今になって帰蝶は気づいた。

だが、傍らで夫を支える妻の座を捨て、己の生き方を貫こうとした自分に、そんな未来を夢見るなど、許されるはずがなかったのだ。

漠然と気づいてはいても、あえて見ぬ振りをしてきた信長の暴走を、光秀から眼前に突きつけられた今、帰蝶はどうしていいか分からない。

「それでは、今日はこれにて失礼いたします」

袢を着けた光秀が礼儀正しく挨拶を述べた時も、帰蝶は上の空でうなずき返すだけであった。

二

帰蝶が十三年ぶりに徳姫と再会したのは、それから半年ばかりが過ぎた天正八年五月のことであった。

この年の二月、徳姫は二人の娘を徳川家に残したまま、三河を去った。いったん兄信忠のいる岐阜城に立ち寄って、心身の疲れと傷を癒した後、京の帰蝶のもとへ挨拶に来るという。前もって信忠から知らせを受けていた帰蝶は、その日は店を閉め、徳姫を迎えることにした。

その日、徳姫はおつやの案内で、座敷へ入って来ると、せかせかした足取りで帰蝶の前まで進み、やはり落ち着かぬ様子で、耳障りな衣擦《きぬず》れの音をさせて着座した。

帰蝶の記憶にある少女の頃と比べると、格段に背も伸び、娘らしく成長している。だが、その頰は削《そ》げ、眼光は初めて会った時のように鋭いが、あの時にはなかった暗い翳を備えていた。

「つらい思いを……したのですね」

どんな言葉をかけるべきか思いあぐねていたというのに、徳姫の憔悴した虚ろな表情を見るなり、帰蝶の口は自然と動いていた。

婚家でつらいことはきっとある——そう言って送り出した娘は、やつれ果てて戻って来た。あの時、幼い徳姫はまるで不吉な予言のような帰蝶の言葉を、どう聞いたのだろうか。

(もしかしたら、吉乃殿への恨みの念を、その娘である徳姫にぶつけたと思われたかもしれない)

そう誤解されたこともあり得るのだと、今になって帰蝶は気づいた。

——姫さまも、いよいよ人の妻となられるのですか。この稲葉山城におられれば、ずっと花のように笑っていられたでしょうに……。

(ならば、深芳野さまとて、母上への妬みから、私にああおっしゃったとは限らない)

女であるがゆえに巻き込まれる宿命の悲しさに、同情してくれただけだったのではないか。そう思った時、帰蝶の体は自然に動いていた。

「お気の毒に……」

徳姫の前までいざり寄ると、力を失ったその手を取って握りしめた。

「嫁ぐ前のあなたに、私はこう言うべきでした。どうか、あなたが嫁ぐ女のつらさを味わわないでくれますように、と——。それなのに、私は……。吉乃殿ならば、そうおっしゃっていたでしょうに……」

そう言って帰蝶がうなだれた時、それまで能面のように無表情だった徳姫の顔が不意にゆがんだ。

「は……ははうえ――」

かすれた声が徳姫の口から漏れる。

「吉乃殿が恋しいのですね」

帰蝶は思わず、無防備な徳姫の肩を抱きしめようと、腰を上げた。その時、

「いいえ、いいえ！　母上さまっ！」

徳姫は箍《たが》が外れたように、突然、叫ぶように言うと、子供のように帰蝶にしがみ付いてきた。

（私のことを、母と呼んでくれているのだ……）

かつて誰に言われても、兄たちがそうしているのを知っても、決して帰蝶を母とは呼んでくれなかったあの徳姫が――。

「本当につらかったのですね、お徳。私の娘よ……」

帰蝶は思いの丈を込めて言い、徳姫の痩せた背を静かに撫ぜた。

「岡崎での暮らしは……地獄でした」

徳姫はうなるように言い、さらに声を上げて泣きじゃくった。おそらく、誰の前でも――舅である家康は無論、父信長や兄信忠の前でさえ、徳姫は泣けなかったに違いない。

（そうでしょうとも。男たちはそなたの悲しみを、そして憎しみを、本当には理解しない……）

帰蝶はそう思いながら、徳姫の背を撫ぜ続けた。

「母上のお言葉だけが、婚家の暮らしの支えでございました。それでも、もう、どうにもできなくて……」

徳姫はぽつりぽつりと呟くように言う。

かわいそうに——帰蝶は思わず徳姫を抱きしめていた。徳姫は帰蝶の胸で、それまで以上に号泣している。

今は泣きたいだけ泣けばいい——帰蝶は幼い娘をあやすように、徳姫の体を軽く揺さぶりながら、気が静まるのを待った。子を産んだこともないのに、どうして自分にそういうことができるのか、帰蝶は自分でも不思議だった。

やがて、徳姫の泣きじゃくる声は徐々に静まっていった。

「私にも……娘がおりました」

徳姫は再び語り出した。

「その娘たちを、私は婚家に置いてきてしまいました。徳川の義父上《ちちうえ》がどうしても、とお望みになったので……」

「そなたの気持ちは、娘御たちが大人になった時、きっと分かってもらえるはずです。

そなたがこの母の気持ちを分かってくれたように――」

「岡崎にいた頃の私は、跡継ぎの息子を産むことだけを念じておりました。でも、今は娘でよかったと、胸を撫で下ろしております。お市叔母さまはご嫡男を、父上に殺されてしまったと聞いておりますから……」

徳姫は苦しげに言う。決して口には出さないが、信長への怒りの念も持っているようであった。

(娘にも、あの方は恨まれているのか)

おそらく、妹のお市も信長を恨んでいるに違いない。

信長が哀れだと、帰蝶は思った。

「私は、娘たちを十分に慈しんではやれませんでした。今となってはすまなかったと、ひたすら悔やまれます。跡継ぎを産ませるため、側室を持った夫を激しくなじったことも――」

それまでの鬱屈と悲しみを吐き出そうとでもするように、徳姫は一語一語を噛みしめるように語り続けた。

分かります――と、帰蝶は呟くように言った。

「私もかつて、側室というものを疎ましく思っておりました。私自身がつらかったこともありますが、側室となった女のつらさを、私は父道三の側室であった方の身の上に見ておりましたから。されど──」

徳姫は帰蝶に身を任せたまま、素直に耳を傾けている。帰蝶は語り続けた。

「そなたを私に与えてくれたのは、吉乃殿です。私は今では、吉乃殿に感謝しているのですよ」

人は弱くて醜い。だが、それを乗り越えて味わうことのできる喜びもある。もし信長がそのことに気づいてくれたなら、横暴な行いは慎んでくれるだろうか。そして、自分はそれを信長に悟らせることができるだろうか。

信長のもとに戻ってほしいという光秀の言葉に、帰蝶はふと思いを馳せた。

その時、急に徳姫が身を起こすと、帰蝶をじっと見つめてきた。そして、帰蝶の内心を読み取ったかのように、

「母上、どうか織田家へお戻りになってください」

と、泣《な》き濡《ぬ》れた目を向けて、真剣な表情で切り出した。

帰蝶はすぐに返事ができなかった。

「私を一人にしないでくださいませ。どうぞ」

徳姫は帰蝶の前に頭を下げた。小刻みに震える細い肩は、誰かが守ってやらねばならぬものであった。顔を伏せたまま、徳姫は言う。

「私は……父上が恐ろしいのです。父の血を引く兄上たちや私自身が、父上のようにな

っていくのではないかと、それも恐ろしくて」

「分かりました」

今にも泣き出しそうな徳姫の言葉を遮って、帰蝶はそう言っていた。迷いはなかった。

「えっ」

と、小さく呟いて、徳姫が顔を上げる。その瞳を正面から受け止めながら、

「織田家へ戻りましょう。殿も、よもや否《いな》とは仰せられますまい」

と、帰蝶は言った。

「もちろんですとも。どうして、拒みなどなさいましょうか」

膝を乗り出すようにして言う徳姫の蒼白い顔に、この日初めて、ほんの少し赤みが戻っていた。

「ありがとうございます。父上のもとへ戻るのは、母上にとって、決して安らかな道ではないでしょうに……」

「それでも、私はお徳に感謝しております」

「私に、感謝を……」

不思議そうな顔をして言う徳姫に、帰蝶はそっとうなずいた。

「ずっと探していたものを、今、ようやく見つけられましたから」

自分だけの、自分にしかできない生き方――それは、自分を必要としてくれる娘のた

め、そして、夫のために命を尽くすということではなかったか。

娘は自分の産んだ子供ではない。夫は自分以外の女を、今も側室として侍《はべ》らせているだろう。

（でも、殿やお徳のために生きられれば、私はそれを私だけの生き方だと思うことができる）

どうして、自分の人生は他の女たちとは違うものだと、思っていたかったのだろう。他の大勢の女たちがしているように、自分もまた、夫や子供たちのために生きることで満足できる、ただの女に過ぎなかったというのに……。

「私が住まうことになるのは、岐阜城か安土城か。いずれにしても、お徳、そなたと共に暮らせるよう、殿にお頼みしておきましょう」

帰蝶は徳姫の眼差しをしかと受け止めながら、包み込むように優しく言った。

心が決まると、帰蝶はそのことを信長に告げるよりも先に、光秀に文で知らせた。

すると、それから数日後、光秀は自ら帰蝶の店を訪ねて来た。京の朝廷や公家との折衝を、信長より任されている光秀は、京に来ることも多い。この時の訪問が何かのついでだったのか、それとも帰蝶と会うためだけに上京したのか、帰蝶は訊かなかった。

ただ、帰蝶を訪ねる時はいつもそうであるように、光秀は黄昏時を選んで、供も連れずにひそかにやって来た。

日が暮れてようやく涼しくなった夏のこの日、帰蝶は光秀を座敷へは上げず、庭先へ誘った。

「十兵衛殿のおっしゃる通りにいたそうと思います。私は織田家へ戻ります」

帰蝶は黄昏のほの暗い光の中で、光秀の方を見ずに告げた。

「……さようでございますか」

光秀は自分の思い通りになったというのに、それほどの喜びや安堵は表さなかった。ただ、帰蝶の言葉だけを淡々と受け止めているというふうであった。

「今の殿が進んで行こうとしておられる道を変えることは、私の命を懸けても難しいやもしれませぬ。されど、殿は私の父が殺された時、その仇を討ってやろうとおっしゃってくださいました。そして、それを実現してくださったお方です」

帰蝶は光秀の方を見ないでしゃべり続けた。眼差しの先には、暮れなずんだ空に瞬き始めた星々のかすかな光がある。

「でも、私はやがて、殿は己の野心ゆえに美濃を攻略したのだと、思うようになりました。私は……美濃の道三の娘である私は、あの方にただ利用されただけなのだ、と」

帰蝶はそっと息を漏らした。光秀は何も言わない。

「でも、それだけではなかったと、今は思っております。人の心とは、さように単純なものではありますまい。仇討ちだけでもなく、野心だけでもなく、あの方は当時から天下をも見据えておられたのでしょう。たった一人で、天下を目指すのはつらいものだと想像がつきます。あの方は家臣を信頼なさるお方ではありませんから」

「……はい」

ようやく光秀は呟くように言った。虫の翅音《はおと》のようなかすかな声であった。

帰蝶は初めて振り返って、光秀を見つめた。その表情はもうはっきりとは見極められない。

「私は道三さまにさんざんお世話になっておきながら、道三さまをお助けできませんでした。その死後、仇討ちを志すこともできませず……」

光秀は言い、静かにうなだれた。ただ、自分の不甲斐なさを嘆き、憔悴しているようにも見えたが、帰蝶はなぜか、この時、嫌な予感を覚えた。

「何を考えておられるのですか」

思わず、帰蝶は問いかけていた。だが、光秀は答えようとせず、顔は上げたものの、帰蝶から目をそらしてしまった。

「十兵衛殿！」

帰蝶の胸に兆した不安が次第に膨れ上がっていった。

帰蝶は光秀の心を推し量るように、その眼差しの先を追った。すると、そこには白い蝶が一匹、まるで薄闇から浮かび上がるように飛んでいる姿があった。

「もし、私が姫さまより先に逝くことになった時には――」

光秀は蝶の浮遊を見つめたまま、独り言のように言う。

「蝶となって、必ずや姫さまの御前に戻ってまいりましょう」

光秀はそれだけ言うと、二度と振り返ることなく、木戸の向こうへと去って行った。

三

明けて天正九年の正月、帰蝶は安土城に迎えられた。信長や信忠が京中の宿所としている本能寺へいったん入り、そこで仕度を整えてから、安土城へ入ったのである。本能寺までは、信忠が迎えに来た。

「お徳が首を長《なご》うして待っております」

信忠は自身も明るい表情をして言った。

「あっ、もちろん父上も――」

慌てて付け加えたように言ったが、

「殿が、さようなことをおっしゃるとは思えませんが」

と、帰蝶が言うと、信忠は照れくさそうに笑ってみせた。

「まあ、それは確かにそうですが……」

それでも、信長は最近、ひどく上機嫌なのだと、信忠は言った。

「母上がお戻りになると決まってからのことでございます。いつも怒鳴られてばかりいた近習や侍女たちも、それでずいぶんと胸を撫で下ろしているようでございますよ」

などと言う。

稲葉山城を去って十四年の歳月が流れた。ここ七年ばかりは、時折、京で顔を合わせることがあったとはいえ、離れていた夫婦が再び信頼を取り戻すことが叶うのだろうか。

あの、「敦盛」を舞う信長に、帰蝶が鼓を合わせた時のように——。

京を発った帰蝶の一行は、近江へ入った所で一泊し、安土城を目指して進んで行った。途中で駕籠を止めてもらい、安土城の外観を遠くから眺めやった帰蝶は、思わず嘆息を漏らした。

「まるで空に向かって鳥が羽ばたいているような見事さですこと」

何層もの屋根が鳥の羽のように見え、天守は上空に駆け上っていくようにさえ見える。

「あの天守は父上のお住まいです。母上もそこでお暮らしになることになります」

信忠が父の偉業を誇るような口ぶりで言った。

帰蝶は微笑んでうなずいてみせたものの、その後、笑みを消すと、信忠の顔をじっと見つめた。

「言いにくいことかもしれませんが、一つだけ答えてください。殿のご側室もそちらにおられるのでしょう」

帰蝶の問いかけに、信忠は困ったように目をそらしたが、隠し通すわけにもいかぬことだと覚悟を決めたのか、

「……はい。お鍋《なべ》の方《かた》というご側室が、今は安土で父上にお仕えしておられます」

と言った。

「されど、母上の御事《おんこと》はよくわきまえておられるはずです。それに、天守ではないところに、お部屋を頂戴しているようですから」

お鍋は帰蝶が信長のそばを去ってから、側室となった女で、今は側室たちの要であるらしい。吉乃がそうであったように、お鍋も後家で、前の夫は近江の八尾《やお》城主小倉実澄《おぐらさねずみ》であった。その子供たちをも信長は引き取っているという。信長との間にも、まだ幼い二男一女がいるらしい。

「分かりました。正直に答えてくれて、ありがたく思います」

帰蝶は言うと、もう出立しようと、自分から信忠を急き立てた。帰蝶が不快の念を表さなかったので、信忠はほっとしたようだ。帰蝶が心変わりでもしたら困ると思っているのか、それから先は一行の進みを速くさせたようであった。

それから二刻《ふたとき》ほどして、帰蝶の一行は安土城に到着した。

信忠が帰蝶の駕籠を向けさせたのは、本丸御殿に続く大手門ではない。黒鉄門《くろがねもん》といっ

て、琵琶《びわ》湖畔《こはん》から直接、天守へと続く門の方であった。ここは、信長の許しを得た者しか使うことのできない特別な道である。

「お待ち申し上げておりました、御台さま」

入口で帰蝶を出迎えたのは、お鍋をはじめ、その子供たちや徳姫などであった。

お鍋はいかにも信長が好みそうな、勝気で聡明な女と見えた。二重瞼の大きな目に特徴があり、その眼光も強かったが、帰蝶の前ではつとめて目を伏せて慎ましそうに見せている。信忠が言っていたように、わきまえのある女人のようだと、帰蝶は思った。

「これからは、こちらでお世話になります。万事、よろしゅう頼みますよ」

「かしこまりましてございます」

お鍋は恭しく挨拶した後で、自分の子供たちを帰蝶に引き合わせた。そして、

「殿が天守にてお待ちでございます。私どもはここで失礼するように言われておりますゆえ」

と言うと、お鍋と子供たち、侍女たちはそこで下がって行った。

「母上さま、後ほど、またゆるりと――」

お徳さえ行ってしまうのが、少し物足りなく思われたが、信忠もそこで下がると言う。

信長の命令らしい。

「お二人だけで、お話しなさりたいのでございましょう」

信忠も徳姫も微笑みながらそう言った。

案内役の侍女が一人残り、帰蝶を天守へと導いてくれた。そう躾《しつ》けられているのか、余計なことは一切口にせぬ侍女であった。

「こちらからお入りになって、後はそのまま先へお進みくださいませ」

侍女は鶴の絵が描かれた襖の前まで来ると、そう言って頭を下げた。案内はここまでのようである。

帰蝶はうなずいて、侍女が開けてくれた襖の向こうへ、一歩ずつ足を踏み入れて行った。

中は広間であったが、襖が開け放たれており、春の陽光が存分に射《さ》し込んでいて、ひどく明るい。帰蝶は一瞬、目がくらむような気がした。その時、帰蝶の後ろで襖が閉まった。

目が慣れてから、中を観察するようにぐるりと見回してみると、上座の後ろの壁に、光秀が言っていたものと思われる龍の絵があった。雄々しく気高い二匹の龍が、一方は上り龍、一方は下り龍の姿をして描かれている。

――三皇五帝。

本当に、信長は帝をも超える存在になろうとしているのだろうか。

足を止めたまま、それ以上進んで行けないでいると、

「来たか」

と、声がかかった。外に面した見晴台の方から、近付いてくる信長の姿は、まるで日輪を背負うような輝かしさである。目の前に来たその姿をよく見ると、緋に黄金で縫い取りをした派手な羽織を着ているのだった。

「はい、参りました」

帰蝶は微笑み返した。

「こちらへ来るがよい。ここからがこの城で最もよい眺めだ」

信長は言い、くるりと踵を返した。帰蝶は黙って、その後に従った。二人の立てる衣擦れの音が、さやさやと穏やかな音を立てている。

この静けさがいつまでも続いてほしいと、帰蝶はそっと心に願った。

信長の言葉は確かに事実であった。

天守から見下ろす景色は、この城どころか、この国で最高のものだと言われても、うなずかずにはいられないほど美しい。陽光を受けて、小波《さざなみ》がきらきらと輝く湖面は溜息が出るほど贅沢であった。

「どうだ、安土城の天守からの眺めは――。琵琶湖が美しいであろう」

「まこと、言葉もないほどに見事にございます」

帰蝶は感動をそのまま、口にして言った。

「うむ。そうであろう。ここから、この景色を眺めた者はそんなに多くはない」

信長が特別に許した者しか、ここには立ち入れないのだろう。確かに、この傲慢とも言える天守の間は、容易に人には見せられぬものであった。

帰蝶はふと光秀のことを思い出した。

光秀の坂本城も琵琶湖畔にある。光秀もこうして琵琶湖を眺めているのだろうか。そこからの眺めはこれほど見事ではないだろうが、光秀がそれを不満に思うことはあるまい。

「こうしていると、岐阜城の櫓で、殿と月を眺めたことが思い出されます」

やがて、帰蝶は言った。

「これまでは、殿とご一緒に、金華山の円椎を見ることが叶いませんでした。信忠殿も岐阜へ誘ってくださいますし、今年、それが無理なら、せめて来年には、殿と岐阜へご一緒しとう存じます」

「うむ。しかとそういたそう」

帰蝶の言葉に、信長は上機嫌なまま答えた。そして、ふと思い出したように、

「この二月、左義長《さぎちょう》の祭りに事寄せて、京で大々的な馬揃《うまぞろ》えを行うつもりだ」

と、続けて言った。

「馬揃えを――」

「うむ。そなたにとって、京はまだ懐かしくもなかろうが、この度の馬揃えはなかなかのものだぞ。内裏の東側にある空き地を使って、帝にも来臨を賜る。前関白《さきのかんぱく》の准三宮《じゅさんぐう》近衛公《このえ》（近衛前久《さきひさ》）も騎乗なさると、ご承知なされた。そなたも見に参るがよい」

信長は少し昂奮気味の声で、早口に告げた。

近衛前久とは、信長が親しくしている公家の一人で、五摂家《ごせつけ》の筆頭近衛家の当主である。今は関白職を退いてはいたが、皇族に准じる准三宮の宣旨を受けていた。前久の子である信尹《のぶただ》は信長の加冠によって元服を果たし、さらに偏諱《へんき》を受けて「信」の字をその名にもらっている。

「さようにございますか」

信長の上機嫌を損ねぬよう、帰蝶はそう言うに止めたが、馬揃えを帝に見せるということの意味を内心では推し量っていた。それは、織田家の武力を見せつけ、帝を脅すことになるのではないか。昨年の夏、光秀の物言いが妙に暗かったことも、思い起こされた。

この時、帰蝶は見物しなかったものの、それから間もない二月二十八日、京都の馬揃えは無事に終了した。

織田家の軍事力を世間に知らしめるためのものであったのは確かだが、南蛮風の派手な格好に身を包んだ武将たちの騎乗姿は、なかなか見ごたえのあるものだと評判にもなっている。

この年の春から夏にかけて、信長は上杉謙信《うえすぎけんしん》亡き後の越後《えちご》と、武田氏の信濃征伐に忙しく、岐阜へ足を運ぶどころではなかった。

武田氏攻略は嫡男信忠が中心になって進めているが、他にも、北陸には柴田勝家が、中国には羽柴秀吉が、四国には信長の三男信孝《のぶたか》が出陣している。

今や、信長の支配は全国に及ぼうとしていた。

そして、そのまま天正九年は暮れ、天正十年となった。

四

天正十年三月、ついに信長は長篠の合戦以来、急速に衰えつつあった武田氏を滅亡させた。当主武田勝頼は三月十一日、自害して果てている。

大事業を成し遂げた信長に、帰蝶は美濃行きを切り出してみた。

間もなく初夏を迎える金華山は、円椎の花で華やかに彩られるであろう。

この頃、長らく侍女を務めてきたおつやが病がちになり、しきりに美濃へ帰りたがったので、帰蝶としてはその願いも叶えてやりたい。

美濃にある小見の方の墓前で、ぜひとも帰蝶に知らせたいことがあるのだと、おつやは言った。今、聞かせてほしいと言っても、小見の方の墓前でなくてはならないと、頑なに言う。

だが、信長は武田氏滅亡後の処理があり、五月には徳川家康が安土城を訪問することになっているため、それが終わってからにしたいと言った。

「それならば、いたし方ございませぬな」

五月でも、まだ円椎の花は咲いているだろう。帰蝶はその時を待つことにし、おつやにもそう伝えた。

「まあ、まことに美濃へ帰れるのでございますね」

おつやは嬉しげに言い、もうすっかり髪に霜の下りた齢であったが、それを聞くなり、何歳か若返ったように元気になった。

五月十五日、徳川家康が武田討伐の祝いを述べに、安土城を訪れた。

この時、信長は光秀に接待役を命じている。

家康の訪問は、安土城では好意をもって迎えられ、非公式にではあったが、徳姫は娘たちの様子を聞くため、家康と対面を果たすことができた。

儀式と典礼に通じた光秀の接待は、手のこんだものであったらしく、家康も満足しているという。

帰蝶は最初に家康と顔を合わせたものの、挨拶を交わした後は、特に表へ出ることはなかった。

その家康が安土城に滞在している間、中国攻めに向かっていた羽柴秀吉からの使者が到着した。秀吉は清水宗治《しみずむねはる》の備中《びっちゅう》高松城を水攻めしていたが、城が落ちる前に強敵毛利氏が救援に向かう動きがあるという。そこで、信長自身に援軍を率いて来てくれるよう要請してきたのであった。

信長は自らの出陣をただちに決めたものの、それより先に別部隊を送り出すことにした。

白羽の矢が立ったのは、この時、主力軍を畿内に残していた光秀であった。

光秀は家康の接待役を免ぜられ、秀吉増援のため、備中へ向かうよう命ぜられた。この時、信長は光秀に、これまで光秀の所有していた近江と丹波《たんば》を召し上げとし、まだ敵国の領地である出雲《いずも》、石見国《いわみのくに》への国替えを告げている。

「まあ、光秀殿が中国筋へ――」

帰蝶はその話を侍女たちの口を通して聞いた。

(近江と丹波召し上げとは、十兵衛殿にとって苛酷な仕打ち。あの方は今、どんなお気持ちでおられることか)

帰蝶は安土城に入って以来、公以外の場で、光秀と対面したことがない。だから、今の光秀がどんなことを考えているのか、つかみようがなかった。

だが、光秀に限って、たとえ信長からどんな仕打ちをされたとしても、個人の恨みだけで行動することはあるまいと、帰蝶には信じられる。

それより、信長が中国筋へ向かうことになれば、美濃行きはとうてい叶わないだろうと、帰蝶は思った。これには、帰蝶以上に、おつやの方が落胆した。

安土城にいると疲れるので、少し京へ行って休んできたいというおつやの願いを、帰蝶は聞き入れた。帰蝶がもともと使っていた五条の店は、今はおみのが営んでいるが、おつやが休む部屋くらいは貸してくれるであろう。五条の店が騒々しければ、きよの七条の店へ行ってもよい。きよとおみのに宛てた文を持たせて、帰蝶はおつやを送り出した。

いったん坂本城へ帰るという光秀が、安土城を発ってから、信長も自身の出陣仕度に取りかかった。家康は堺を見物してから帰ると言い、これも安土城を立ち去っている。

「俺は京で幾日か宿泊するゆえ、そなたも共に行かぬか」

この出陣の時、信長は帰蝶を誘った。

京では本能寺に宿泊し、公家たちを招いて茶器の披露などを計画しているらしい。援軍に出向くといっても、先に光秀の軍勢を行かせるため、信長に焦りはないようだった。少数の供回りだけを連れて上洛した信長は、京で合流する軍勢を待つのだという。

出陣の深刻さを見せない夫の口ぶりに、帰蝶もふと誘いに乗る気になった。

「それでは、おつやのことも気になりますし、私も京まで殿のお供させていただきましようか」

と、帰蝶は答えた。

五月二十九日、信長の一行は安土城を発った。信忠もこれに加わっている。

その日のうちに京に着いた信長は本能寺に、信忠は妙覚寺《みょうかくじ》に入った。

この年の五月は三十日がないため、翌日は六月一日である。この日は京の公家たちが争うように本能寺を訪れ、信長は茶会を開いた。信長の持つ茶道具の名器も、公家たちに披露されている。

夕方になって、公家たちが残らず引き上げてしまうと、信忠も妙覚寺に戻って行った。急に静かになった本能寺の境内には、僧侶たちの他には信長と帰蝶、それに近習たちが宿るばかりである。

「お疲れになりましたか」

その夜、帰蝶は一人になった信長と、夏の夜のひと時を共に過ごしていた。

「うむ。あの者たちの相手も疲れる」

信長は渋い顔をしながらも、妙に素直にうなずいて言った。

この時、朝廷と信長の関係は、微妙なものになりかけている。

ついひと月ばかり前、朝廷はすでに右大臣《うだいじん》を辞していた信長に、太政大臣《だいじょうだいじん》、関白、征夷大将軍《せいいたいしょうぐん》のいずれかに就任するよう、意向を伺ってきた。だが、信長はそのいずれをも断っている。

（殿のご意向が、唐土の皇帝になることであれば、それも道理であろう）

と、帰蝶は思っている。

ならば、そのいずれかを受けるべきだったかといえば、それもどうなのか、帰蝶には
よく分からない。朝廷側の三職推任《さんしきすいにん》の意向が、決して本心からのものとは限らないから
だ。

将軍義昭を通じて公家衆とつながりがあり、また、その後も信長と公家衆との折衝を
行っていた光秀ならば、朝廷側の真意を多少なりとも知っているかもしれないが、例に
よって家臣を信じることのない信長は、光秀に意見など求めはしなかっただろう。

「殿も、そうお働きにばかりならず、少しお休みなさればよろしいのです」

帰蝶は信長の疲れたような顔へ向かって、軽口のようにして言った。

「今年も美濃へ行けなんだことを、恨んでおるな」

信長がそれに応じるように笑ってみせたので、

「さようにございます」

と、帰蝶もわざと怨《えん》じてみせた。

「私よりおつやの方が楽しみにしていたようなので、気の毒でございます」

と、続けて言うと、信長はさすがに困った様子で、

「分かった。中国筋より戻ったならば、ただちに岐阜城へ参ろう。そして、円椎の季節になるまで、そこに留まるのだ」

と、帰蝶の思ってもいなかったことを言い出した。

「まあ、さようなことがおできになりますか」

「織田家の家督はすでに信忠に譲ったのだ。あれも、武田攻略を無事に終え、成長した。先に俺が断った三職のいずれかに、信忠を就かせてもらえるよう、朝廷に願い出ることにしよう」

「そうなったら、どれほど嬉しいことでしょうか」

帰蝶は顔を輝かせた。その顔を、信長はじっと見つめた。

「そなたの嬉しげな顔は、久しぶりに見たような気がする」

「あら、さようでございましたか」

帰蝶はいつになく優しげな信長の瞳に戸惑いながら、そっと目を伏せた。その直前に見た信長の顔が、まるで憑《っ》きものが落ちたようにすがすがしく見えたのを、心の底より嬉しく思いながら――。

今の信長を見れば、その行末を案じていた光秀も、どれほど喜んでくれることだろうか。このことを光秀に伝えて、今の喜びを分かち合えたなら――そんな夢を、ふと帰蝶は思い描いていた。

「ついては、そなたの願いを聞くと約束したのだから、俺からもそなたに願いたいことがある」

不意に、信長が言い出した。

「昔のように、鼓を聴かせてほしい」

「まあ……」

思いがけない言葉に、帰蝶は胸の高鳴りを抑えかね、ぱっと顔を上げた。

道三の死を聞いた後、信長の舞う「敦盛」に合わせて、鼓を打った夜のことは、忘れようにも忘れられない。あの夜の思い出があったからこそ、その後、何があろうとも、信長を想い続けることができたとも言える。

「では、殿も『敦盛』をお舞いになっていただけますか」

帰蝶が言うと、まるで信長はその言葉を待っていたかのように、

「うむ、そうするかな」

と言って、いそいそと立ち上がった。

腰に挿していた扇を取り出したが、気に入らなかったのか、小姓の森蘭丸《もりらんまる》を呼びつけると、別の扇を持ってくるように命じた。

「それほど多くのご用意がございませぬが、いずれをお望みでございますか」

素早く駆け寄って跪《ひざまず》いた蘭丸が尋ねる。

「うむ……」

と、考え込むようにした信長は、

「蝶を描いたものがあったであろう」

と、言った。

「敦盛は平家の公達《きんだち》。平家の家紋は蝶であったから、それがよい」

と、言い訳のように付け加えて言う。

「ただ今、お持ちいたします」

と、顔色も変えずに蘭丸が去って行った後も、信長は帰蝶と顔を合わせようとはしなかった。

帰蝶は微笑みながら、その横顔を見つめている。今はただ、この先もずっと、この横顔を見つめていたいと思った。それ以上の望みはない。

あの夜から、ここに至るまで、あまりにも長い時がかかったように思う。

やがて、信長が蘭丸の持ち寄った扇を手に取って、立ち上がると、帰蝶も侍女の届けてくれた鼓を肩の上に構えた。

目を閉じ、息を凝らして、絶妙の時を待つ。

「はあっ！」

裂帛《れっぱく》の気合を込めて、帰蝶は鼓を打った。

人間五十年　下天のうちをくらぶれば
夢幻のごとくなり
ひとたび生を得て滅せぬもののあるべきか

信長は舞い、帰蝶は鼓を打つ。帰蝶の謡いに、信長も声を合わせた。二つの声が重なり合うと、三十年に近い歳月を一気に超えた。

（まこと、人生は夢幻のごときもの）

このまま時が止まってしまえばよい――そう思いながら、帰蝶は静かに目を閉じていた。

その頃、中国へ向かう明智光秀の軍勢は丹波亀山城を発って、進軍を開始していた。

そして、京との境である桂川《かつらがわ》に差しかかったところで、光秀は軍勢を止めた。

「敵は本能寺にあり！」

光秀が全軍に指示を下したのは、翌六月二日未明のことであった。

十章　岐《き》山《ざん》の蝶《ちょう》

一

（帰蝶、どうか無事で！）

きよは京の夜の町を、提灯《ちょうちん》一つを手に、ひた走りに走っていた。途中で草履が脱げてしまったが、それにも気づかなかった。目指すは本能寺――。

天正十（一五八二）年六月一日から二日に日付が変わろうという頃合いのことであった。

それより少し前の夜半、きよの店をおつやが訪ねて来た。

どんな病に冒されたかと思われるほど、血の気のない蒼ざめた顔をしていた。

「姫さまが……安土城におられるとばかり思っていた姫さまが、今、京に来ておられるのです！」

おつやはそれだけのことを言うのに、何度も息を継いだ。

「姫さまって、帰蝶さんのことだね」

きよの問いかけに、おつやはうなずいた。この時に至ってもまだ、きよには帰蝶の素性を明かしていない。

帰蝶が二年前、店を明け渡した時も、別れていた夫とよりを戻すことになったと告げただけで、くわしい話は一切しなかったのである。

信長と帰蝶が別居していたという事情も、巷《ちまた》に漏れていたわけではないから、きよがどこかで聞きつける恐れもないはずだった。

だが、今になってみれば、そこからいちいち語らねばならないのがもどかしい。すると、

「帰蝶さんの正体なら、もうとっくに知っていたから、そこは話さなくていいよ」

と、きよはおつやを気の毒そうに見やりながら言った。

「言っとくけど、帰蝶って名前から知ったんじゃない。あたしらには、織田弾正忠の奥方の本名なんて聞く機会もないからね。だけど、美濃の崇福寺の和尚と知り合いだっていう話から、ぴんときたのさ。あそこは、斎藤家と縁が深い寺だったからね。あとは、ちょっとあんたらの話に聞き耳を立てていりゃ、想像がついたよ」

「ああ、おきよさまっ！」

おつやはいきなりきよの前に身を投げ出して、その膝にしがみ付くようにした。

「ちょいと、おきよさまなんて、やめておくれよ。気味が悪いじゃないか」

きよはおつやを引き離そうとしたが、おつやは離されまいと、なおもきよの膝にすがり付き、

「いいえ、あなたさまは道三さまの御娘《おんむすめ》。姫さまとお呼びしなければなりませぬ」

と、必死になって言った。今度は、きよも顔色を変えた。

「どういう意味だい。あたしが道三さまの娘だなんて！」

きよはおつやを膝から引き剝がして、その顔を正面から睨みつけるように見据えた。

「あなたさまは道三さまとご正室小見の方さまのご長女なのでございます。帰蝶さまは、あなたさまの妹姫――」

「何だって……。そりゃあ、人にも言われたし、あたし自身、ずいぶんよく似てるもんだと思ってたけどさ」

「あなたさまは故あって、お寺に入れられたのでございます」

おつやは昂奮のあまり泣き出しながら、小見の方が占い師から聞いた予言、そして、最初に生まれた娘を寺に預けた経緯を話した。

「分かった」

きよは、長々と続きそうなおつやの話を打ち切って言った。

「それで、あんたは最初に、帰蝶さんが京にいるとまずいようなことを言っていたけど、それはどういうことだい」

「つい先日、惟任日向守殿（光秀）のご家来衆が参られて、この先、何があっても帰蝶さまは安土城をお離れにならないよう、お伝えしてほしいと申したのです。何のことやら分かりませんでしたが、私は帰蝶さまが安土城におられるとばかり信じていたので、何げなく引き受けました。ところが、それを伝えに行った使者が安土から戻って来る前に、本日、帰蝶さまよりお知らせがあったのです。ただ今、本能寺に来ているから、明日あたりそちらへ行く、と――」

光秀が備中へ出陣した後、信長自身も出陣する予定であること、その軍勢の到着を京で待っていることなども知らされたという。

「その時、すぐに察するべきでしたのに、私も頭が働かなくて。惟任殿が帰蝶さまに安土から動くなと言ったのはなぜなのか」

おきよさま――と、おつやはすがり付くように、その名を呼んだ。

「今日、上洛したばかりの行商人がおかしなことを言っていたそうです。今宵あたり、大軍が京へ押し寄せるかもしれない、と。それは上さまの待つ援軍のことだろうと、私ときたら、分かったつもりで聞き流していました。ですが、よくよく考えてみれば、惟任殿の軍勢だって……」

「分かった。帰蝶さんを京へ来させまいとしていた日向守が、軍勢を本能寺へ向けるんじゃないかと心配なんだね」

再び、おつやの言葉を遮るように、きよはてきぱきと言った。

「もちろん、思い過ごしであればよいのです。でも、なぜかあの予言のことも思い出されて――」

「日向守は帰蝶さんに懸想《けそう》していたってわけか」

きよの問いかけに、おつやは何とも答えなかった。きよは大きくうなずいた。

「とにかく、あたしが本能寺へ向かうから、もう心配しなくていい。万が一のことになっていても、帰蝶さんはあたしが救い出すから、大丈夫だよ」

「あの予言はおきよさまのことを言うのだとばかり思っていましたが、もしかしたら帰蝶さまの……」

行きがけに、きよの背にすがるようにして、おつやが咽《むせ》び泣きながら言っていた声が、今もきよの耳にこだましている。

（いや、その予言はきっと、姉妹二人のことを言っていたんだ）

尾張で戯れに契りを結んでから、きよの心を海の彼方に縛りつけていたのは、織田信長である。

そして、信長を待つ間、きよが想いを寄せたただ一人の貧乏侍が、今の惟任日向守明智光秀——そこまでは、きよも承知していた。

だが、あの光秀が熙子を娶る前、想いを寄せていた相手が帰蝶であったとは——。

(明智さまは、あたしに帰蝶さんの面影を見ておられたのか)

予言が二人の男を指しているのは間違いない。

信長が光秀を殺すのか。

あるいは、光秀が信長を殺すのか。

予言が的中すれば、いずれかの惨事がこれから起こる。

信長と光秀の間にどんな経緯があるにせよ、それはきよや帰蝶への想いとは関わりあるまい。恨みにせよ、野心にせよ、あるいはもっと重大な事情があるにせよ、男には男の都合があるだろう。

だが、それに帰蝶が巻き込まれてよいはずがなかった。

(帰蝶さん、あんたは死んじゃいけない!)

そう思いながら、途中で息が切れて、北の空を見つめやる。三条大路と四条大路の間にある本能寺まで、七条にあるきよの店から走って行くには、十五町近くの距離があった。

だが、北の空は黝《あおぐろ》い闇に包まれていた。京の町並みは深閑としており、おつやが恐れていたような凶事は起こりそうもない。

光秀が言ったとされる安土城を動くなという言葉を、それほど深い意味に取らなくてもよいのではないか。ただ、織田の主力軍が中国地方に集まってしまうゆえに、帰蝶の身を案じて安易な行動を戒めただけなのではないか。

それでも、足を止めるわけにはいかなかった。

何事も起こらないでほしいという願いと、募る不安に突き動かされるように、きよは本能寺を目指して走った。

それから、どのくらい経った頃であろうか。

五条大路に差しかかった時、すでに重くなっていたきよの足は、疲れきって動かなくなった。

どうにか、大路の端に立つ銀杏《いちょう》の木の根元にたどり着くと、蠟燭《ろうそく》が倒れぬように注意しながら、提灯を地面に置き、きよ自身も崩れ落ちるように木の幹にもたれかかって座り込んだ。

（ちょっとだけ、ちょっとだけ待っていておくれ、帰蝶さん。すぐに、あたしが本能寺へ――）

息を整えている間も、気持ちばかりが焦って狂おしいほどである。

その時、きよの耳は小さなざわめきをとらえた。はっと耳を澄ませて周囲をうかがうと、西の方角である。

思わず立ち上がり、きよは西の空を振り仰いだ。

初め、何の物音とも判然としなかったざわめきは、みるみるうちに静寂を打ち破る音声となって、夜明け前の町を揺るがせていく。

だが、京の町家も公家の邸《やしき》も堅く門戸を閉じたままである。

きよは銀杏の根方から、動き出すことができなかった。

やがて、それが騒々しい人馬の響きであることが、はっきりと分かった。

都の西には丹波国がある。あの軍勢が丹波から来たのであれば、それを率いているのは亀山城主の……。

(日向守――)

きよは再び、弾かれたように走り始めた。提灯の火は吹き消して、その場に捨て置いた。

辺りはうっすらと明るくなり始め、建物の輪郭などは十分に見極められる。

光秀は信長を殺すため、軍勢を本能寺へ向けているというのか。だが、光秀が信長を殺したとしても、予言が当たっているならば、光秀もまた、天寿をまっとうできないはずだ。

その時、帰蝶はどうなるのか。

(あたしの……いもうと――)

初めて見た時から、その容姿の相似に驚いたものだが、それ以上に惹かれ合うものがあった。帰蝶に商いを教え、その世話をしてきたのは、なぜか見捨てられなかったからだ。それが姉妹の血の為せる業《わざ》だといわれれば、なるほどと納得もできる。

夢中になって走り続けたきよが、再び息切れがして足を止めた時、いつしか京の町並みは細かな輪郭を露にし始めていた。見上げれば、空はすでに藍色に変じており、そうする間にも明るさは増していく。紫色をした雲が比叡山の上空にかかっている。

だが、それより近い位置の空が、赤く燃えていた。朝焼けの空ではない。地上から燃え盛る炎が、天をも焼き尽くさんとばかりに空へ向かって咆《ほ》えているのだ。

本能寺が燃えている。

きよは我知らず、懐から取り出した守り袋を、きつく握りしめていた。それが、母小見の方が別れる娘に託したものだとは、ついさっき、おつやから聞かされたばかりだ。

そういえば、かつて帰蝶から見せてもらった守り袋には、青海波の地に黄金の蝶が刺繡されていた。きよのそれは、同じ青海波の地に白鳥《しらとり》が刺繡されている。鳥のように大空へ羽ばたき、海の向こうへ行きたいという夢をきよが持ったのは、知らず知らずこの守り袋の絵柄を意識していたせいかもしれなかった。

（ああ、母さん！）

きよは顔も知らぬ母に向かって、胸の中で叫んでいた。

（母さん、どうか、帰蝶を守ってあげて――）

蝶だって、自由に羽ばたいていけるはずだ。

空の彼方へも、海の向こうまでも――。

守り袋を握りしめたまま、きよは我知らず明け方の空に向かって手を合わせていた。

二

「謀叛、謀叛にございまする！」

小姓の森蘭丸が本能寺の暗い廊下を走りながら、叫び立てていた。手燭は持たなくとも足もとが見えるのは、迫り来る敵勢の持つ松明《たいまつ》のせいであった。

「なに、謀叛だと！」

信長の寝覚めは早かった。たちまち起き上がると、蘭丸が駆けつけて来る前に、寝巻のまま寝所から飛び出した。すでに大太刀を鞘ごと携えている。

「旗印は何か」

信長は鋭く問うた。跪いた蘭丸は一度息を呑み、やがて、観念したように告げた。

「……桔梗《ききょう》にございます」

「桔梗紋は、惟任であったな」

信長はすべてを納得した様子で、うなずいた。そして、大太刀の柄を握り直すと、にやりと笑った。闇の中で見るその形相の凄まじさに、蘭丸はそっと目を伏せた。

「是非に及ばず」

言うなり、信長は大太刀を鞘から引き抜いた。はっと息を呑んだ蘭丸の前で、白刃が夜闇の中でぬらりと光っている。

「殿っ！」

お覚悟を――蘭丸の目に、信長はしかとうなずいてみせた。

そして、さっと踵を返すなり、信長は再び寝所の中に駆け戻った。

帰蝶は白い寝巻姿のまま、褥の上に正座し、目を閉じていた。寝所の外で交わされた信長と蘭丸の会話は、しっかりと聞こえていた。

(間に合わなかったのだ……)

憑きものが落ちたような昨晩の信長を、光秀に見せることができたなら、何かが違っていたのだろうか。いや、それを考えるのも徒労である。

今の事態は、そんな些細《ささい》な出来事で避けられるようなものではなかったはずだ。そう思うしかなかった。

(これが、十兵衛殿にしかできない生き方)

そして、それは自分がこれから選ぼうとしている生き方とは違う。自分には自分だけの生き方がある。それが、死に方と呼ぶべきものであったとしても――。

そう心を決めた時、帰蝶は静かに目を開けていた。目の前には、意外に穏やかな顔つきの信長がいた。その目の中にあるのは、帰蝶の身を気遣う優しさであった。

「聞こえていたな」

信長は落ち着いた声で尋ねた。帰蝶は無言でうなずき返した。

「惟任は決して女子は殺さぬ。そなたは侍女たちを伴い、ここを落ち延びよ」

信長の言葉に、帰蝶は静かに首を横に振る。

「侍女たちはただちに避難させましょう。されど、私は殿のおそばに――」

「ならぬっ！」

信長は突然、癇癪を起こしたような甲高い声で叫んだ。

「そうやってお怒りになれば、すべてがご自分の思い通りになると思ったら、大間違いでございます。私はそのことをお教えするため、殿のもとへ戻りました。殿がお一人ではないということを、お教えするためにも――」

帰蝶の双眸が薄い闇の中で燃え上がる。それに魅《み》せられたように、信長は目をそらすことができなかった。

「それが……蝮の娘だということか」

ややあって、信長は打って変わったような低い声で尋ねた。

「いいえ、私は大うつけの妻にございます」

帰蝶のはっきりした物言いを聞くなり、信長は不意に声を上げて笑い出した。いつもの甲高い笑い声に戻っていた。

「そうか。蝮の娘ではなく、大うつけの妻として我が供をしてくれるのか」

「はい」

「その志、ありがたく受け取った。ゆえに、もうよい。行ってくれ」

信長はさばさばした口ぶりで言うと、帰蝶から目をそらした。

「私の申し上げたこと、殿はお分かりになってくださらなかったようでございますね」

「分かっておる！　されど」

信長は再び激した。が、すぐに癇癪を鎮めると、

「ここでそなたを死なせては、俺は蝮の親父殿に合わせる顔がない。平手の爺にも」

横を向いたまま、沈んだ声で呟くように言った。

「どうして、お二人が殿を責めましょう。ようやったとお褒めくださるはずです」

思いがけず、信長の口から漏れた故人の名に、帰蝶の目にも涙が浮かんだ。

「俺は……自分から人が離れていくことには慣れている」

信長は横を向いたまま言った。

母に拒まれ、早くに父を亡くし、守役の爺を自害という形で喪った信長の過去が、めまぐるしく帰蝶の脳裡を駆け巡っていった。そんな夫のもとから、自分もまた離れて行

った一人だった。そして、今また、信長は目をかけてきた家臣の一人を失ったばかりなのだ。

帰蝶は片膝をついて横を向く信長に、膝を進めた。そして、太刀の柄を強く握り締める信長の手に、そっと自らの手を重ねて置いた。

「さようなことに、お慣れになってはいけませぬ」

一度は俺を捨てたそなたがどの口で言う——そうなじられても仕方ないと思ったが、信長は何も言い返さなかった。

(そのようなご生涯は寂しすぎます。私はこのまま、殿のご生涯を閉じさせるわけにはまいりませぬ)

帰蝶は強い思いを込めて、信長の手を包み込むようにした。

「……そなたの申す通りやもしれぬ」

やがて、信長はぽつりと呟くように言った。高くも低くもない小さな声であった。

「俺は今、不思議に思っていた。嫁いできたばかりのそなたを、どうして幾年も無視していられたのか。そして、俺のもとを去ると言ったそなたを、どうして引き止めようとしなかったのか」

「それでも、私が殿のおそばから離れない、最後は戻って来ると、自信がおありだったのでしょう」

帰蝶はわざと軽やかな声で、微笑みながら言った。

「いや、むしろ、自信とは正反対の心持ちだったろう」

信長は生真面目に述べた。分かっているというように、帰蝶は手に力を込める。

「あれは、脅えや臆病という心持ちだったのやもしれぬ。それがどういうものか、俺は知らぬつもりで生きてきたが」

「それを聞けば、殿のお言葉とは思えないと皆が申すことでしょう。ですが、私はそうは思いません。昔、平手殿から同じようなお言葉を聞きましたゆえ」

「そうか。爺が……な」

「されど、世の人々には、最後まで自信にあふれたお姿をお見せなさいませ。それが、弾正忠信長公にございます。そうでないお姿はただ、私一人にお見せくだされればよろしいのです」

帰蝶の言葉に、信長は向き直った。その目の中には、思いがけぬことを聞いたというような驚きの色が浮かんでいる。

「それでも、私は殿から離れませぬ。決してお一人にはさせませぬゆえ」

帰蝶は信長の目をしっかりと見据えながら、ゆっくりと告げた。

時が止まったかのような静寂を経て、信長は静かに息を吐くと、もう一方の手を帰蝶の手の上に重ねて置いた。

「帰蝶よ」

信長の口がおもむろに開かれる。

「そなたとの果たせなんだ約束は、次の世にて必ずや」

「はい」

帰蝶は信長をまっすぐに見つめながらうなずいた。

「この俺と共に見てくれるのだな、金華山の円椎を」

「はい、必ずや殿とご一緒に」

帰蝶は大きくうなずき返すと、手を引いて立ち上がった。そして、床の間に用意してあった槍を取り上げ、信長の前に捧げ持つ。

「私はここで最後の鼓を打っております。殿は最後の舞を――」

「うむ。敵は一兵たりともここへは通さぬ。そなたの最期は誰にも邪魔させまいぞ」

信長は手にしていた大太刀を床に放り出すと、帰蝶の捧げた槍をつかみ取った。そして、最後にもう一度、妻の顔を目に焼きつけるように見つめてから、やおら背を向けた。

「また、逢おう。我が妻よ」

廊下に向かって、ずかずかと歩き出しながら、信長は声を張り上げて叫んだ。

帰蝶はその後ろ姿に深々と頭を下げた。

――行っていらっしゃいませ、殿。

最後の見送りの言葉を胸の中にだけ唱え、足音が聞こえなくなってから、帰蝶はゆっくりと身を起こした。

すぐに隣室に控えていた侍女を呼びつけ、脱出するように指示を与える。

「あの、御台さまは……？」

恐るおそるという様子で尋ねる侍女に、「私は参りませぬ」と帰蝶はきっぱり告げた。息を呑み、ついではらはらと涙をこぼす侍女を叱咤《しった》し、帰蝶は気丈に振る舞った。

侍女が去ってしまうと、帰蝶は再び一人になる。目を閉じると、

――帰蝶よ。

男の呼ぶ声が聞こえてきた。つい先ほど聞いたのと同じ声――だが、少しだけ違っている。今、帰蝶が聞いているのは、男がまだ若い頃の声であった……。

守役の平手政秀が死んで間もないその夜、信長は初めて――正確には婚礼の夜を除いて、であるが――帰蝶の寝所に足を運んだ。

婚礼の夜は広袖に半袴という傾いた格好だったが、この夜は白の寝巻姿である。

「帰蝶よ」

帰蝶の目の前に胡坐をかいた信長は、その名を呼んだ。

「好きにしてよいと前に申したが、あれは今日までのことだ。これよりは、俺の妻とな

ってもらう」

信長は有無を言わせぬ調子で告げた。だが、その言葉は帰蝶を不快にはしなかったし、反撥も覚えなかった。顔には出さなかったが、むしろ微笑ましいようにさえ感じられた。

「ついては、何か望みがあるか」

信長は生真面目に訊いた。

「望み……？」

「これからは俺の妻として過ごすのだ。気ままに暮らすことはできなくなる。その代わりに、そなたの望みを聞いてやると言っているのだ」

どこかせかせかした物言いだった。だが、それが妻に示せる信長の精一杯の優しさだということは、十分に伝わってくる。

側室を持たないでください――それを言うのなら今だ、と思った。自分は嫁ぐ前から、夫となる人にそう言いたかったのだ。そして、今ならば、信長はその願いを聞いてくれるのではないかとも思えた。

（でも……）

やはり差し出がましい女だと思われるかもしれない。親に命じられるまま婚礼を挙げた時と違い、本音で自分のことを妻にしようと思ってくれた信長に、疎ましく思われるのは嫌だった。そのことを恐れるほど、自分もまた、夫を愛しく思うようになっていたのだと、帰蝶ははっきり自覚した。

「帰蝶はもう一度、金華山の円椎を見とうございます」

気づいた時には、口はそう動いていた。

「円椎……？」

「はい。初夏の頃、美濃の金華山は円椎の花で、黄金色に輝きます。その景色を、私は殿と一緒に眺めてみたいのです」

「分かった」

信長はすぐに答えた。迷いのない、潔い言い方だった。そういう果断な男らしさを好ましく思う一方で、父の葬儀の席で抹香を投げつけたり、守役の死に泣き喚いたという夫の寂しさや悲しみを愛おしく思う。

この人の妻として生きることが、自分だけの生き方となるのかどうか、それはまだ分からない。だが、今はこの人の妻になりたいと、帰蝶は思った。


本能寺で戦いをくり広げる男たちの喧騒は聞こえてくるが、帰蝶の耳には遠くの場所のもののように聞こえる。

帰蝶は静かに目を開いた。

枕もとには、嫁ぐ時、父道三から渡された守り刀が置かれている。寝所でも常に手の届くところに置き続けてきたこの守り刀に、初めて契りを結んだ夜、信長がちらと目をやったことには気づいていた。

帰蝶が道三から、「いざという時には、これで婿殿の首を切って美濃へ戻って来い」と言われていたことを、信長は知っていたのだろうか。そして、自分が「この刀で、父上を殺めることになるやもしれませぬ」と生意気な返事をしたことも。

いつか訊いてみたかったが、ついに訊かぬまま行かせてしまった、と思った時、

——知らぬはずがなかろう。

どういうわけか、信長の返事がはっきりと頭の中に響いてきた。

——それなのに、私と寝所を共にして平気だったのでございますか。私が殿には手をかけないという自信がおありで？

——そんなものがあるか。されど、そなたの手にかかって死ぬのなら、俺もそれまでの男ということだ。それもよいと思うたまでのこと。

帰蝶の頰には、いつしか笑みが浮かんでいた。

美濃のために、信長を殺めようと思ったことは一度もない。だが、この度、信長のもとへ帰るに当たり、帰蝶はこの守り刀で信長を手にかける日が来るかもしれないと、覚悟を決めていた。

（信忠殿やお徳を守るためなら、私はそうしていたかもしれない）

だが、幸いなことに、その日は来なかった。

信長を殺めないで済んで本当によかったと、心から思う。愛しい男を手にかけねばならぬ女の宿世ほど、苛酷なものはないであろうから。

もしかしたら、その日を来させぬため、光秀は挙兵して、主《あるじ》殺しの悪名を背負ってくれるのではないか。身勝手な考え方とは思ったが、ふとそんな気もした。

(十兵衛殿、恩に着ます。そして、申し訳ないことをしました。十兵衛殿がそうしないで済むよう、私が殿を変えられていれば、こうはならなかったでしょうに)

ひそかに胸の中で光秀に手を合わせる。

それから、帰蝶は守り刀の隣に置かれた鼓に目を移した。

昨晩、信長の舞に合わせて打った鼓である。帰蝶は守り刀よりも先にそれを取り上げ、静かに構えた。

姿勢を正して、目を閉じ、息を整えて、その時を待つ。

今だ——と思える時をつかまえたら、かっと目を見開き、右手に全身全霊を込める。

この時、帰蝶の右手は神の手となり、魂は天に通じる。

「はあっ!」

澄んだ掛け声と共に、小気味よい鼓の音色が夜の闇にこだましていった。

天正十年六月二日未明、信長の宿泊する本能寺は、明智光秀の一万三千の兵に取り囲まれ、炎の海に包まれた。

この時、信長は「女は苦しからず。急ぎまかり出《い》でよ」と告げたという。この女が誰のことか、また、この女が逃げのびたのかどうか、明らかにはなっていない。

妙覚寺に宿していた信忠は、急を知り本能寺へ駆けつけるが、救援は叶わなかった。そこで、信忠は東宮誠仁親王《とうぐうさねひとしんのう》の御所である二条新御所へ向かう。

誠仁親王を脱出させた後、駆けつけた明智軍を相手に最後の戦いに臨む。信忠は善戦したものの、衆寡敵せず、ついに敗れた。

だが、本能寺の炎に包まれて自害したと伝えられた信長の首も、二条新御所で死んだ信忠の首も、なぜか明智軍の手には渡らなかった。

光秀はその後、安土城に入るものの、天下掌握のためにこれという手も打たぬまま、六月十三日、「大返し」と呼ばれる素早さで、中国地方から駆けつけた羽柴秀吉の軍勢を、山崎天王山《やまざきてんのうざん》にて迎え撃つことになる。

これに敗れた光秀は、坂本城に戻ることは叶わず、小栗栖《おぐるす》にて死す。

本能寺の変により、信長が命を落としてから、わずか十一日後のことであった。

それから二年後の春。

山崎の合戦に勝利した羽柴秀吉が、故信忠の嫡男三法師《さんぼうし》（秀信《ひでのぶ》）を織田家後継者に据え、反撥する信長の三男信孝や柴田勝家を滅ぼし、信長の次男信雄（茶筅丸）や徳川家康と戦っていた頃——。

日明貿易、南蛮貿易の拠点となっていた堺の港から出航する船に、女が一人乗っていた。

女は目も覚めるような青の地に、白鳥を織り出した小袖を粋に着こなしている。帯は鮮やかな緋色の天鵞絨仕立てであった。

船はいったんポルトガルが租借している明のマカオに入った後、大陸の海岸線に沿った南航路を使ってポルトガル本国まで行く予定である。

その船に、日の本の女が乗っているのをめずらしく思ったのか、

「あなた、どこまで行くのですか」

南蛮人の男が一人、巧みな日本語で女に話しかけた。

「さあねえ」

女はぼんやりとして言う。手には竹細工の四角い籠を持っていた。よく見ると、中には黄金色の蝶と大きな紫色の蝶が、一匹ずつ入っていた。

「おお、かわいらしい蝶ですね」

南蛮人の男は顔をほころばせて言った。

「いいや、哀れな蝶さ」

女は独り言のように言う。

「番《つがい》の片割れが死ぬと、もう片方も自ら火に飛び込んで息絶えるんだ」

「おお、そんな習いの蝶が日の本にいたのですか。何という蝶ですか」

「岐山の蝶だよ」

「きざん、はて、そんな名前は聞いたことがないですな」

「岐山っていうのは……今はもう使われなくなってしまった幻の地名なのさ。あたしは娘と一緒にそこへ行って、この蝶を手に入れたんだ」

「おお。では、その蝶は幻の土地で生きていたというのですか」

南蛮人の男の問いかけに、女はもう取り合わなかった。

やがて、船の纜綱《ともづな》が解かれ、

「出発《ぱるてぃーだ》！」

という掛け声がかかると、南蛮人の男も竹籠を手にした女から離れて行った。女はその場所から動かず、じっと港町を見つめ続けている。

しばらくして、いよいよ船が港を出ようとする時になると、女は目を竹籠の中の蝶に移した。

「さあ、もうここでお別れだよ。海の向こうまでは連れて行けない。あんたたちは岐山に戻るんだね」

女はそう言うなり、竹籠の蓋を勢いよく開けた。

二匹の蝶は躊躇いがちに竹籠の外へ舞い出た後も、しばらく女の頭上を飛び回っていた。

が、船が港から遠ざかるにつれ、春霞《はるがすみ》の空に黄金と紫の翅をひらめかせながら、もつれ合うように陸《おか》へ向けて飛び去って行った。

解説

末國善己

大学で古典文学を学んだ篠綾子は、二〇〇〇年、『春の夜の夢のごとく　新平家公達草紙』で第四回健友館文学賞を受賞してデビューした。その後の活躍は目覚しく、デビュー作と同じ源平の騒乱を題材にした『義経と郷姫　悲恋柚香菊河越御前物語』『蒼龍の星』、多くの作家が挑んだ山内一豊夫妻の物語を斬新な視点で描いた『山内一豊と千代』、上杉謙信女性説をベースにした『女人謙信』を始めとする戦国ものなど多彩な作品を発表。京の呉服屋の一人娘が、江戸で働きながら店の再建を目指す〈更紗屋おりん雛形帖〉シリーズ、下総《しもうさ》の村から江戸に出てきたおいちが、歌占師の勧めで代筆屋を始める〈代筆屋おいち〉シリーズなど、江戸時代を舞台にした文庫書き下ろし時代小説で人気を集め、二〇一七年、〈更紗屋おりん雛形帖〉シリーズで第六回歴史時代作家クラブ賞のシリーズ賞を受賞。さらに二〇一九年、幕末の川越藩を舞台にした青春小説色の強い『青山に在り』で第一回日本歴史時代作家協会賞の作品賞を受賞している。

織田信長の正室・帰蝶を主人公にした本書『岐山の蝶』は、著者の久々の戦国もので、帰蝶の一代記の中に、斬新な歴史解釈や、恋愛小説、ビジネス小説のエッセンスも加えられた贅沢《ぜいたく》な作品に仕上がっている。

帰蝶は、京の油売りから美濃一国を盗み取り、「蝮《まむし》」の異名で恐れられた斎藤道三の娘として生まれた。近年の研究で、道三は父子二代で美濃の国主になったことが分かり、還俗して美濃守護の土岐《とき》氏の家臣・長井家に仕え、長井姓を与えられるまで出世したのが父、その跡を継ぎ、土岐氏の内紛を利用して実権を掌握、土岐頼芸《よりなり》を追放して国主になったのが息子・道三とされる。道三は、頼芸に譲られた深芳野との間に義竜《よしたつ》をもうけたが、帰蝶の母・小見《おみ》の方《かた》は、土岐氏の同族ながら道三の家臣となった明智の一族である。小見の方の甥《おい》が明智光秀で、光秀と帰蝶は従兄（従弟とも）とされている。

帰蝶は、信長との結婚後、美濃から来た姫の意味で濃姫と呼ばれたが、太田牛一がまとめた信長の伝記『信長公記』にも「織田三郎信長を斎藤山城道三聟に取り結び、道三が息女尾州へ呼び取り侯ひき」とあるだけで本名は伝わっておらず、史料によって、帰蝶、胡蝶など記述が異なっている。著者は、長女を早く亡くした道三が、蝶が死者の魂だという伝承を踏まえ、早世した姉娘が帰ってきてくれたとして、二番目に産まれた娘に帰蝶と名付けたとする。蛹《さなぎ》から成虫になるプロセスが、死者の魂が天に飛び立つ、あるいは復活のイメージに重なるためか、古代ギリシャでは蝶と魂がともに「プシューケー」といわれるなど、蝶は古くから世界各地で霊の象徴とされてきた。これは日本も同じで、鎌倉時代に成立した歴史書『吾妻鏡』には、古くから蝶が死者の魂を運ぶとされ、平家の家紋が蝶紋だったため源氏に滅ぼされた平家の怨霊への恐れもあり、「去る比《ころ》より黄蝶飛行す。殊に鶴岡宮に遍満す。これ恠異《かいい》なり」（一一八六年五月一日）、「鶴岡上宮の宝殿に黄蝶大小群集す。人これを怪しむ」（一二四七年三月一七日）など、黄蝶が乱舞する怪異が五回も記録されている。そのため、道三が亡き長女を偲《しの》び、次女に「蝶」の名を与えたとの解釈は、独創的で説得力がある。

名前と同様、帰蝶の経歴には不明な点が多く、信長が道三を殺した帰蝶の異母兄の義竜を攻めた時点で斎藤家との縁が切れたので離縁された、結婚後の早い時期に亡くなった、安土城に入って安土殿と呼ばれた、本能寺の変の時に信長とともに戦い討ち死にした、安土城が焼け落ちた時にほかの女性たちと一緒に落ち延びたなど、諸説が入り乱れている。近年は、戦国乱世を生き延び、江戸時代に入った一六一二年まで生き、七十八歳で天寿をまっとうしたとの説も出てきている。著者は、少ない史料の隙間を想像力で補い、俗説や巷説《こうせつ》を巧みに織り込みながら帰蝶に存在感を与えているので、帰蝶の様々な逸話を知っていると著者の緻密《ちみつ》な計算がより楽しめるはずだ。

物語は、帰蝶に尾張の織田信秀の嫡男・信長との縁談が持ち上がる場面から始まる。道三と信秀は何度も干戈《かんか》を交えた宿敵だったが、信秀は国内の戦いに専念するため道三との和睦を計画し、その証として信長と帰蝶の結婚をもちかけたのだ。帰蝶は、年上の従兄で、鼓を学ぶ帰蝶に笛を合わせてくれた明智光秀十兵衛を憎からず思っていたが、戦国武将の娘として親が選んだ相手と結婚する覚悟を決め、信長のところへ向かう。

同じ頃、いつも織田家家臣の次男、三男の取り巻きを連れ、奇抜な格好で出歩いている信長も、帰蝶との縁談の話を聞く。結婚前の女遊びを勧める取り巻きの話を聞かず、水練に向かった信長は、川べりで美しい女きよに出会う。信長の初体験の相手になったきよは、美濃で結婚していたが、亭主の身内に女の子ばかりを産んだと責められ、赤子の娘を寺にあずけて家を出てきたという。信長は、「海の向こう」へ行きたいと語るきよに、常識にとらわれず新しいことに挑戦する自分と同じ匂いを感じるが、きよは娘と京へ向かう。

すぐに信長と帰蝶は結婚するが、信長は帰蝶ときよが似ていることに気付く。なぜ帰蝶ときよは似ているのか？　この謎が、物語を牽引《けんいん》する重要な鍵となる。

本書には、様々な人生を送る女性たちが登場する。遊びの勝利品として道三に贈られ側室になった深芳野は、戦国の女性は男の世話をし、家を存続させるため子供を産む道具に過ぎないとの諦念を抱いていた。これに対し、信長の実母・土田御前は、エキセントリックな信長を嫌い、おとなしく聡明な次男の信行を可愛《かわい》がり、信行を織田家の跡取りにすることに執念を燃やしている。きよは女は子供を産む道具という常識に抗い、女手一つで娘を育てながら筆舌に尽くしがたい苦労を重ね、京で商売を始め織物商兼金融業を営む女商人となる。小見の方の侍女おつやは、帰蝶とともに織田家に入り、信長の器量を見極めて欲しいという主人の命令を、懸命に遂行しようとするのだ。

家事と育児を押し付けられている現状に違和感を持っている深芳野は、現代の専業主婦の不満を代弁している。このほかにも、同じ専業主婦でも現在の境遇に不満はなく、教育熱心で子供の成長を生き甲斐《がい》にしている土田御前、出産経験がなく、信長の子供を産んだ吉乃《きつの》にコンプレックスを持つ帰蝶、深芳野と同じ鬱屈を抱えていたが〝籠の鳥〟を止《や》め、苦労を承知で起業家になる道を選んだシングルマザーのきよ、小見の方の意を受けて動く会社勤めをしているようなおつやなど、本書に登場する女性は、就職、結婚、出産といった人生の節目になると難しい選択を迫られる現代の女性に近い存在になっているので、必ず共感できる人物が見つかるのではないか。先輩たちの苦労に触れた帰蝶が、自分も迷いながら進むべき道を考える展開は青春小説としても秀逸で、若い読者は帰蝶の葛藤が身近に感じられるように思える。

やがて、尾張を平定、美濃を手に入れ天下人を目指す信長、仕えていた道三が倒れ浪々の身となった光秀、〝自分さがし〟をするため織田家を離れた帰蝶は、きよが実業家として成功した京で再会する。

小見の方は道三と結婚する前、占い師に、娘を産めば自分を求めて二人の男が争ったため世をはかなみ生田川に身を投げた「菟名日少女の宿世を歩む」と告げられた過去があった。中盤以降は、占い師の予言のように、帰蝶を挟んで幼馴染《おさなな》《じ》みの光秀と夫の信長が対峙《たいじ》する「菟名日少女」の構図に、帰蝶と似ているきよがからむ複雑な恋愛ドラマが展開していく。これは帰蝶が信長と添い遂げた、あるいは別の武将に嫁いだ事実が明確であれば盛り上がらないので、帰蝶が誰を選ぶかでスリリングな物語を作ったのは、史料の少なさを利用した仕掛けとしても高く評価できる。

菟名日少女（菟原処女とも）は、摂津国菟原《うばら》郡菟原（現在の兵庫県芦屋市周辺）で暮らした美少女で、多くの男がいい寄ってきたが、特に同じ郷の菟原壮士《おとこ》と和泉国から来た千沼《ちぬ》壮士の争いは激しく、それを嘆いて黄泉《よみ》で待つと母に告げ自殺したとされる。菟名日少女は『万葉集』で三首詠まれ、平安時代に書かれた『大和物語』は脚色を加え、舞台を生田川にした。本書は『大和物語』を踏まえて、菟名日少女が入水したのが生田川にしているが、古の伝説を使って帰蝶の恋愛を描いたところは、藤原定家と紀一族の少年・潮丸を探偵役にした〈謎合秘帖〉シリーズ、『源氏物語』の作者を母に持つ藤原賢子が活躍する〈紫式部の娘。〉シリーズなど、古典文学を題材にした時代小説を発表している著者にしか書けなかった世界といえる。

戦国時代は国が乱れ、いたるところで戦乱があり、武将は合戦や謀略ばかりを行なっていたとの印象が強いかもしれないが、能登の大名・畠山義総《はたけやまよしふさ》が『伊勢物語』『古今和歌集』など古典文学に造詣が深く、毛利家家臣の大庭賢兼《おおばかたかね》が『源氏物語』の諸本を校合し、諸注釈を読み、大部の注釈本を書き、細川幽斎《ほそかわゆうさい》が戦国末期に『古今和歌集』の秘伝「古今伝授」の唯一の継承者だったなど、文化人として名を残した武将も少なくない。京は応仁の乱で荒れ果てたが、善政で国を豊かにした地方の戦国大名は、有職故実《ゆうそくこじつ》に精通した公家を招き文化興進も行なっていた。京へ向かう交通の要衝にあった美濃を支配した名門・土岐氏に繋《つな》がる小見の方であれば、蒐名日少女と聞いてすぐにエピソードを思い浮かべるだけの教養を持っていても不思議ではないし、当時は貴重な『大和物語』が屋敷にあった可能性さえある。物語の柱の一つに蒐名日少女の伝説を置いた本書は、文化という従来とは違う角度で戦国時代を切り取る試みとしても興味深いのだ。

運も味方につけ、次々と有力大名を下した信長は、次第に権力を振りかざして無理を押し通し、立ちはだかる者は力で排除し、思い通りに動かない者は平然と切り捨てるようになる。だが京で働くうち、貧しい人、悪事に走る人を生み出す原因は社会システムにあり、弱くて醜い人も切っ掛けがあれば立ち直れると知った帰蝶は、人間の弱さを認めず、強者の論理で強引かつ急激に国の形を変えようとする信長の危うさを見抜く。帰蝶が、破滅へと進む信長を止めるために奔走するところが、終盤の読みどころとなる。

格差が広がり続けている現代の日本では、本書で描かれた信長のように、成功も失敗も自己責任なので、敗者を助ける必要はないという極論を口にする人が増えているように思える。これとは別の価値観を突き付けて信長を変え、自分の子供たちの世代が負の遺産を受け継がない方法を考え実践しようとする帰蝶は、日本はこれからも殺伐とした弱肉強食の社会を続けるのか、貧しい人も、一度失敗した人も苦しい生活から抜け出せる仕組みを作って閉塞感を打ち破るのかを問い掛けているだけに、本書のテーマは重く受け止める必要がある。

（すえくに・よしみ　文芸評論家）

本書は、集英社文庫のために書き下ろされた作品です。

編集協力　遊子堂

集英社文庫　目録（日本文学）

- 椎名誠　アド・バード
- 椎名誠　はるさきのへび
- 椎名誠・編著　蚊學ノ書
- 椎名誠　麦の道
- 椎名誠　麦酒《ビール》主義の構造とその応用胃学
- 椎名誠　あるく魚とわらう風
- 椎名誠　風の道 雲の旅
- 椎名誠　かえっていく場所
- 椎名誠　メコン・黄金水道をゆく
- 椎名誠　砂の海 風の国へ
- 椎名誠　砲艦銀鼠号
- 椎名誠　草の記憶
- 椎名誠　ナマコのからえばり
- 椎名誠　大きな約束
- 椎名誠　続 大きな約束
- 椎名誠　本日7時居酒屋集合！ ナマコのからえばり
- 椎名誠　コガネムシはどれほど金持ちか ナマコのからえばり
- 椎名誠　人はなぜ恋に破れて北へいくのか ナマコのからえばり
- 椎名誠　下駄でカラコロ朝がえり ナマコのからえばり
- 椎名誠　笑う風 ねむい雲
- 椎名誠　うれしくて今夜は眠れない ナマコのからえばり
- 椎名誠　三匹のかいじゅう
- 椎名誠　流木焚火の黄金時間 ナマコのからえばり
- 椎名誠　どーしてこんなにうまいんだあ！
- 椎名誠　ソーメンと世界遺産 ナマコのからえばり
- 椎名誠　カツ丼わしづかみ食いの法則 ナマコのからえばり
- 椎名誠　単細胞にも意地がある ナマコのからえばり
- 椎名誠　孫物語
- 椎名誠　おなかがすいたハラペコだ。
- 椎名誠 北上次郎 編　椎名誠［北政府］コレクション
- 椎名誠 目黒考二　本人に訊く〈壱〉 よろしく懐旧篇
- 塩野七生　ローマから日本が見える
- 塩野七生 アントニオ・シモーネ　ローマで語る
- 志賀直哉　清兵衛と瓢簞・小僧の神様
- 篠綾子　岐山の蝶
- 篠田節子　絹の変容
- 篠田節子　神鳥《イビス》
- 篠田節子　愛《めで》逢《あ》い月《づき》
- 篠田節子　女たちのジハード
- 篠田節子　インコは戻ってきたか
- 篠田節子　百年の恋
- 篠田節子　聖域
- 篠田節子　コミュニティ
- 篠田節子　アクアリウム
- 篠田節子　家《や》鳴《な》り
- 篠田節子　廃院のミカエル
- 篠田節子　弥勒
- 司馬遼太郎　歴史と小説

集英社文庫　目録（日本文学）

集英社文庫　目録（日本文学）

集英社文庫　目録（日本文学）

瀬戸内寂聴　寂聴 生きる知恵
瀬戸内寂聴　一筋の道
瀬戸内寂聴　寂庵浄福
瀬戸内寂聴　寂聴巡礼
瀬戸内寂聴　晴美と寂聴のすべて1（一九二二～一九七五年）
瀬戸内寂聴　晴美と寂聴のすべて2（一九七六～一九九八年）
瀬戸内寂聴　わたしの源氏物語
瀬戸内寂聴　寂聴源氏塾
瀬戸内寂聴　寂聴仏教塾
瀬戸内寂聴　まだもっと、もっと 晴美と寂聴のすべて・続
瀬戸内寂聴　わたしの蜻蛉日記
瀬戸内寂聴　寂聴辻説法
瀬戸内寂聴　ひとりでも生きられる
瀬戸内寂聴　求愛
曽野綾子　アラブのこころ
曽野綾子　人びとの中の私

曽野綾子　辛うじて「私」である日々
曽野綾子　狂王ヘロデ
曽野綾子　観月観世 或る世紀末の物語
平安寿子　恋愛嫌い
平安寿子　風に顔をあげて
平安寿子　幸せ嫌い
高倉健　あなたに褒《ほ》められたくて
高倉健　南極のペンギン
高嶋哲夫　トルーマン・レター
高嶋哲夫　M8《エムエイト》
高嶋哲夫　TSUNAMI 津波
高嶋哲夫　原発クライシス
高嶋哲夫　東京大洪水
高嶋哲夫　震災キャラバン
高嶋哲夫　いじめへの反旗
高嶋哲夫　交錯捜査 沖縄コンフィデンシャル

高嶋哲夫　ブルードラゴン 沖縄コンフィデンシャル
高嶋哲夫　富士山噴火
高嶋哲夫　楽園の涙 沖縄コンフィデンシャル
高嶋哲夫　レキオスの生きる道 沖縄コンフィデンシャル
高杉良　管理職降格
高杉良　小説 会社再建
高杉良　欲望産業(上)(下)
高野秀行　幻獣ムベンベを追え
高野秀行　巨流アマゾンを遡《さかのぼ》れ
高野秀行　ワセダ三畳青春記
高野秀行　怪しいシンドバッド
高野秀行　異国トーキョー漂流記
高野秀行　ミャンマーの柳生一族
高野秀行　アヘン王国潜入記
高野秀行　怪魚ウモッカ格闘記 インドへの道
高野秀行　神に頼って走れ！ 自転車爆走日本南下旅日記

集英社文庫

岐山《きざん》の蝶《ちょう》

2019年12月25日　第1刷　定価はカバーに表示してあります。

著　者　篠《しの》　綾子《あやこ》
発行者　徳永　真
発行所　株式会社　集英社
東京都千代田区一ツ橋2-5-10　〒101-8050
電話　【編集部】03-3230-6095
【読者係】03-3230-6080
【販売部】03-3230-6393(書店専用)
印　刷　株式会社 廣済堂
製　本　株式会社 廣済堂

フォーマットデザイン　アリヤマデザインストア　マークデザイン　居山浩二

ISBN978-4-08-744063-8 C0193